I0750417

SOUS LA PEAU DU CAUCHEMAR

DE LA MÊME AUTRICE :

Le Fruit de ma chair, 2024
La Moisson des mâles, 2025
Prisonnières, 2025
Graine de tueur, 2025

Si ce recueil vous secoue, vous bouleverse, ou vous tient en haleine jusqu'à la dernière page... dites-le.

Un avis publié sur Amazon (en scannant le QR code ci-dessus) est la meilleure façon de soutenir mon travail. Quelques mots suffisent, et ils comptent énormément.

Vous pouvez aussi en parler autour de vous, ou partager votre lecture sur les réseaux (Instagram, Facebook), Babelio ou Goodreads.

Merci !

Fleur Meuron

Sous la peau du cauchemar

Nouvelles

ISBN : 978-2-9594308-8-6
Dépôt légal : Mars 2026

Illustration : Canva
Crédits photos : Pexels
Alpha-Lecture : © abc d'écriture - Sandra Duriez
Correction : Amandine Riba

www.fleurmeuron.com

SOMMAIRE

Danse !

– Voilà, les filles, il est l'heure. Vous pouvez vous étirer !

Le sourire aux lèvres, Audrey tendit ses bras vers le sol quelques instants, avant de se redresser et de récupérer ses affaires. Elle était impatiente d'avoir l'avis de sa mentore sur la chorégraphie élaborée pour le concours de danse récompensant les meilleures danseuses de fusion orientale d'Europe. Dans son dos, Annabelle l'interpella :

– Audrey ? Je peux te parler une minute ?

Les yeux pétillants, la jeune femme accourut, pleine d'espoir.

– Tu as regardé ma vidéo ?

– Non, Audrey. Et je ne pourrai pas le faire... car je me suis aussi inscrite à la compétition.

– Comment ça ? Je croyais que... que ça ne t'intéressait pas. Que tu préférais encourager les élèves...

Sa mentore secoua la tête.

– Tout compte fait, j'ai pensé que ce serait une belle occasion pour moi, pour attirer plus d'élèves justement.

– D'accord... souffla Audrey.

– Du coup, tu comprendras aussi que je reprenne les créneaux d'entraînement initialement prévus pour toi dans la salle.

– On ne peut pas faire 50/50 ?

– Tu as déjà eu la moitié de l'année pour t'entraîner... murmura Annabelle.

En serrant sa lèvre inférieure entre ses dents, Audrey opina avant de tourner les talons. Une fois la porte des vestiaires refermée derrière elle, elle s'effondra sur le banc en bois. Par chance, toutes les filles du cours étaient déjà parties. Elle joignit les mains devant elle en remontant ses genoux jusqu'à son menton. Les larmes montèrent.

– Elle n'a pas le droit de me faire ça... chuchota-t-elle aussi bas que possible. Pas après tout le temps que j'ai pris pour m'entraîner. Comment ose-t-elle bafouer ma confiance !

Alors qu'elle regagnait son véhicule sur le parking du complexe sportif, elle prit conscience de la véritable personnalité de sa professeure : elle était là pour gagner, peu importe les conséquences ou qui elle écraserait en chemin.

– Je comprends mieux son attitude en cours, maintenant... Voilà pourquoi elle ne m'a jamais fait de retour sur mon costume ou ma choré !

Révoltée, Audrey démarra en trombe et faillit écraser un joggeur avec son chien en reculant. La main broyant son volant, elle s'exclama en sanglotant :

– Pourquoi ai-je été aussi naïve ?

De retour chez elle, elle éteignit le moteur et resta dans le siège. La veilleuse se coupa. Les yeux fixes dans le noir, elle serra les dents.

– Je gagnerai ce concours. Alors, elle sera bien obligée de voir l'étendue de mes capacités !

Deux mois plus tard, son nom résonna dans la salle de spectacle.

– Audrey ! C'est à toi !

La jeune femme passa sa langue sur ses lèvres maquillées.

C'est le moment... C'est ton moment. Donne tout !

Quand les premières notes de la flûte retentirent dans la salle, elle s'élança sur scène. Elle poussa plusieurs cris sonores et balança ses hanches au rythme des percussions. Sous les yeux envoûtés des bénévoles, Audrey exécutait parfaitement chaque mouvement élaboré lors de longues nuits d'insomnie. Elle ne dansait plus, elle ondulait, coulait sur la mélodie. Chaque silence, chaque note devenait l'extension de son propre corps. Après un enchaînement de *mudras*[1] sophistiqués, elle enroula sa jambe, dodelina de la tête et effectua une série de tours.

Soudain, la musique se coupa brusquement. La voix de l'organisatrice résonna dans la salle vide.

– OK, c'est bon pour nous, Audrey. Tu peux laisser ta place. Suivante !

---

[1] Signes de la main à caractère rituel pratiqués par les danseurs traditionnels en Inde.

Les mâchoires serrées, la jeune femme se redressa et marcha avec assurance jusqu'aux coulisses. Une effervescence empreinte de stress y régnait. Le chaos avant l'apothéose. Heureusement pour elle, Audrey trouva un coin tranquille, isolé des vestiaires monopolisés par ses concurrentes. Elle s'installa dans la réserve de chaises, équipée d'un miroir de poche grossissant et de la vitre opaque pour vérifier son costume. Rien n'était laissé au hasard, même dans cette loge privative improvisée.

Après avoir claqué la porte derrière elle, elle s'assit avec toute la délicatesse possible pour ne pas abîmer sa ceinture à breloques et ragea :

– Elle aurait dû me laisser aller jusqu'au bout ! Il y avait d'autres effets prévus avec les stroboscopes plus loin dans la mélodie !

Soudain, quelques coups la firent sursauter. Elle déglutit et se leva en défroissant sa longue jupe bouffante.

– Oui ?

La poignée s'abaissa et le battant laissa passer la silhouette imposante d'Annabelle. Ses *smoky eyes* lui donnaient un air encore plus sévère que d'habitude.

En reluquant son élève de la tête aux pieds, elle déclara :

– Tu peux aller t'entraîner dans la salle de cours si tu veux. Elle est disponible...

– J'irai quand bon me semblera, assura la jeune femme.

– Comme tu voudras... Bonne chance pour tout à l'heure.

Devant le regard apathique d'Audrey, sa mentore ne s'éternisa pas. Elle disparut dans le couloir, laissant la danseuse seule. À peine sa principale rivale partie, Audrey serra les poings et entama une longue série de pas dans l'étroite pièce.

– Tu peux aller t'entraîner si tu veux... singea-t-elle. Tes putains de conseils, tu peux te les garder !

En rythme, les breloques à ses hanches tintaient. Leur douce musique envenimait ses pensées. Les bras croisés sur son haut de costume noir et or, elle ajouta :

– C'est facile de me dire ça... Je suis sûre qu'elle le fait exprès pour m'intimider. Mais je ne la laisserai pas gagner.

Tandis qu'elle continuait à tourner en rond, elle sentit une profonde colère monter depuis son estomac. Telle la lave d'un volcan endormi qu'on aurait réveillé, le sang circulait à toute allure dans ses vaisseaux, alimentant le feu dans son corps tout entier. Un puissant râle atteignit sa gorge. Essoufflée par sa rage, Audrey s'immobilisa un instant face à son miroir de fortune.

Son reflet la fixait intensément, les paupières plissées. Brusquement, son visage se déforma. Superposé au sien, un visage oblong s'anima. Le teint plus foncé, couronnée d'or, la jeune femme qui la regardait à présent souriait en tirant la langue. Sa grimace pleine de défi alimenta la colère déjà bien présente. Puis un souffle, un murmure fusa dans l'esprit d'Audrey.

Laisse-moi te guider...

Prise de panique, la jeune femme cligna plusieurs fois des yeux. Son double avait disparu. Elle jeta un œil derrière elle. Elle était bien seule dans la pièce. Les sourcils froncés, elle saisit sa bouteille d'eau et sortit en direction de l'autre aile du bâtiment.

– Ce n'est sûrement que mon imagination...

En entrant dans la salle de cours, elle constata que sa professeure ne lui avait pas menti. La pièce était déserte.

– Elle a sûrement des remords... Mais c'est trop tard maintenant...

Déterminée, elle déposa sa gourde contre un des murs et se planta au centre, face aux miroirs. Lentement, elle exécuta une première fois sa chorégraphie, avant de décomposer chaque mouvement. Un sourire imprévu s'afficha sur son reflet au fur et à mesure que son corps s'animait. Après plusieurs répétitions et d'ultimes corrections, elle acquiesça pour elle-même et fondit de nouveau sur sa bouteille.

Encore une fois et je recommence sans miroir...

Tout à coup, la porte s'ouvrit sur un groupe de filles vêtues de bleu et d'argent. Leurs longues toges à la main telles des princesses quittant un bal, elles dévisagèrent l'intruse. Pendant que les autres déposaient leurs affaires au fond de la pièce, la brune en tête de cortège s'avança vers Audrey et s'exclama :

– Je croyais que la salle était libre !

– Je n'en ai plus pour très longtemps... assura Audrey. Et puis, la salle est assez grande...

– Ça ne fait rien. On va se mettre dans le coin là-bas en attendant !

Elle rehaussa la tête, les lèvres pincées, et fila rejoindre son groupe. Audrey bouillonnait, mais ne releva pas.

Fais ce que tu as à faire. Après tout, tu étais là la première, non ?

Le ventre crispé, elle referma sa gourde et refit face au miroir. Alors qu'elle effectuait son premier tour, la silhouette aperçue quelques minutes plus tôt réapparut sur la surface lisse. Elle souriait toujours, jubilait presque en réalisant les mouvements synchrones avec Audrey. Progressivement, la vision de la jeune femme se troubla. Mais elle continuait de danser, comme hypnotisée par son reflet.

Laisse-moi te guider... Vois comme tu rayonnes maintenant !

Le long des membres de la danseuse, une force nouvelle la poussait à poursuivre ses enchaînements, comme si c'était une seconde nature chez elle.

Elle acheva sa chorégraphie sans s'arrêter. L'intensité dans ses bras fourmillait. L'étrange voix dans son esprit ajouta :

Oui, c'est ça ! Tu vas toutes les écraser !

Un sourire diabolique apparut sur les lèvres d'Audrey à mesure qu'elle tournait sur elle-même pour le final. C'était bien ce qu'elle était venue chercher.

Quand elle eut fini, elle détourna les yeux du miroir et croisa ceux d'une des filles du groupe. La blonde en tenue sombre frictionnait son ventre découvert, un sourcil levé.

— Tu as terminé ? On a besoin de tout l'espace !

— Sinon quoi ?

Surprise, la leadeuse du groupe interpella Audrey :

— C'est bon ! Tu as fait ce que tu voulais, maintenant, c'est notre tour !

Les pupilles aussi sombres que son costume, elle s'avança vers Audrey, qui souriait toujours de façon malaisante. Celle-ci répliqua en ricanant :

— Vous pouvez vous entraîner autant que vous le voulez, ça ne changera rien...

— Ah ouais ? Comment tu peux en être aussi sûre ? Tu as soudoyé le jury ?

— Non, mais participer à un concours de cette ampleur en groupe, c'est manquer d'ambition !

— T'y comprends rien ! lâcha la blonde. Une synchronisation parfaite, c'est tout ce qu'ils attendent !

— Et vous pensez en obtenir une ? Sans accessoires ? Petites joueuses !

Le regard noir, la brune se jeta sur Audrey et lui empoigna le bras. Alors qu'elle tendait l'autre main en direction de son *choli*[2] orné de perles, la soliste lui saisit le poignet et le lui tordit. Son adversaire hurla de douleur. Mais au lieu de délivrer sa proie, elle la fixa, et sa bouche se tordit dans un rictus mauvais. Un liquide chaud coula au coin de ses yeux.

— Lâche-moi, sale folle ! cria la brune.

Après un instant, Audrey finit par ouvrir les doigts en crachant :

— Sois plus aimable la prochaine fois !

---

[2] Chemisier souvent court ou haut généralement porté avec un sari dans le sous-continent indien.

– Dégage, espèce de tarée !

Gardant la tête haute, la jeune femme réajusta son haut à strass, récupéra sa bouteille d'eau et sortit de la pièce.

Alors qu'elle regagnait son vestiaire improvisé, la voix ténébreuse dans son crâne reprit.

Tu auras ta revanche...

À peine le cagibi refermé, Audrey laissa tomber sa gourde au sol et essuya son visage. Ses doigts étaient couverts de sang.

– Mais qu'est-ce qui m'arrive ? C'est quoi, ce bordel...

– Tu n'aimes pas ? C'est pourtant toi qui m'as réveillée...

La voix semblait plus claire à présent. Les yeux fixés sur la vitre de la porte, son reflet semblait la regarder. Une lueur subtile transparaissait dans ses pupilles sombres tandis qu'elle affichait un sourire en coin. Horrifiée, Audrey balbutia :

– Qu... qu'est-ce que...

– N'aie crainte... Je ne suis que l'expression de ton désir de vengeance. Je suis toi, tu es moi... Kalibat.

En entendant son nom de scène, la danseuse déglutit.

– Comment... ?

– Ce n'est pas important. Tout ce qui compte, c'est la victoire. Je vais te faire gagner. Je te donnerai la force nécessaire pour prouver à toutes ces figurantes que tu n'es pas seulement la meilleure : tu incarnes la danse. Tu ES la danse !

– OK... mais tu ne peux pas me remplacer, si ?

— Pas besoin. Tu le feras ! Tu n'auras qu'à te mouvoir sur la musique. Je m'occuperai du reste. Mais avant, je dois te raconter mon histoire... Assieds-toi, ferme les yeux et respire...

Audrey s'exécuta, les membres tremblants. Dès que ses paupières furent closes, des flashs colorés pulsèrent dans son esprit. Le ciel bleu clair, la chaleur étouffante et les murs lumineux et ocre des palais indiens se dessinèrent devant elle. Au milieu des fontaines d'extérieur et des coussins disposés au sol, une jeune femme habillée de rouge et d'or s'avançait à pas mesurés. Les mains jointes, elle les porta à son front, où brillait un strass, puis les dirigea vers le sol. Une cithare et quelques percussions se firent entendre, et la jeune femme au teint mat s'activa. Dans une danse envoûtante aux gestes calculés, elle écartait ses doigts en croisant ses poignets devant son visage. À la fin de sa démonstration, elle fit un large sourire en dodelinant de la tête.

— Voilà ce que je t'offre, Kalibat. Un don des dieux. Maintenant, laisse la musique parler à travers ton corps mortel.

À quelques minutes de son passage, Audrey se préparait en coulisses. Derrière les grands rideaux, elle attendait impatiemment son tour. Le noir fondit sur scène et la voix du président du jury clama :

— Numéro 67 !

La jeune femme inspira et souffla avant de s'avancer. Dans son dos, elle entendit la voix de sa professeure :

— Bonne chance, Audrey !

La jeune femme se mordit la lèvre inférieure en souriant sans se retourner.

Bientôt... Bientôt, nous aurons son âme !

D'un pas déterminé, elle se plaça au centre du cercle lumineux, fixa la pénombre devant elle et attendit. Les premières notes d'une musique indienne couvrirent le silence. Alors, ses bras bougèrent. Puis ses jambes se mirent en mouvement. Dans sa poitrine, son cœur battait plus fort. Ce n'était pas la chorégraphie qu'elle avait apprise, mais les enchaînements que son double lui avait montrés quelques instants plus tôt. Elle incarnait cette fille habillée de rouge, dansant sous la chaleur étouffante de la campagne hindoue.

Bientôt, le rythme s'emballa. Les percussions résonnaient jusque dans ses membres, qui ondulaient autour d'elle. Au bout de ses doigts, elle pouvait sentir le feu intense qui brûlait. Soudain, elle poussa un cri. Un cri discordant, comme une prière. Et elle tourna. Elle fit un nombre incalculable de tours, plus qu'elle n'en avait jamais réussi. Les pieds brûlants, elle continuait, poussant de nouveaux râles. À nouveau, du sang coula de ses yeux mi-clos. Elle l'accueillit en jubilant, emportée dans une transe par ses mouvements hypnotiques.

C'est ça ! Tu y es !

La voix s'extasiait alors qu'elle entamait une nouvelle série de tours. Elle avait la poitrine en feu, et plus rien n'existait autour d'elle. Il n'y avait que la danse, la musique envoûtante et ses percussions, auxquelles ses hanches répondaient. La bouche entrouverte, elle suffoquait.

Tout à coup, la musique stoppa net et Audrey s'effondra sur scène. Face contre le sol, à peine soutenue par ses épaules endolories, elle haletait. La sueur se mêla au fluide pourpre sur son visage. D'un revers de main, elle essuya ses joues et se redressa, un sourire aux lèvres.

– Vous n'applaudissez pas ?

Sa voix angélique n'obtint aucune réponse. Seul un silence pesant régnait dans l'immense salle plongée dans la pénombre. La mine contrite, elle se hissa sur ses jambes.

– Il y a quelqu'un ?

Un léger froissement attira son attention dans le public. Elle s'avança au bord de la scène.

– Montrez-vous !

Dans un claquement, la lumière revint. Audrey écarquilla les yeux. À la place du jury, ne subsistait qu'un vieil homme échevelé. De petits tas de poussière occupaient les sièges adjacents.

La voix de son double soupira.

Presque un sans-faute ! Tu peux être fière de toi !

Un sentiment de joie puissant emplit le cœur d'Audrey. Mais l'unique survivant brisa ce moment suspendu :

– S'il vous plaît... bégaya-t-il. Épargnez-moi !

– Et pour quelle raison le ferais-je ? Tu es déjà mourant !

– Je connais le milieu, je peux vous propulser au niveau international !

Audrey fixa le président du jury. Un rictus apparut aux commissures de ses lèvres.

– Bientôt, le monde entier connaîtra mon nom...

Qui aime bien châtie bien

6 mai 1989

Il m'a attrapé il y a trois jours déjà. Je rentrais de l'école. Je me souviens que mon frère avait préféré rester avec ses copains. J'étais derrière eux. Une voiture s'est arrêtée à côté de moi et un monsieur m'a souri. Il voulait juste discuter, il semblait perdu. Quand je me suis approché, il était trop tard : le monsieur m'a mis un chiffon humide sur la bouche. J'ai crié, mais personne ne m'a entendu. Après, je ne me souviens plus de rien.

Quand je me suis réveillé, il faisait tout sombre. J'avais froid. La pièce dans laquelle je suis enfermé n'a pas le chauffage et est très petite. Il y a un matelas, un sac de couchage et un pichet d'eau, comme à la cantine. Ça sentait très mauvais, si mauvais que je devais boucher mon nez et respirer par la bouche. J'ai crié à nouveau, j'ai appelé mon frère. Mais il n'est jamais venu. À la place, il y avait des grognements. Des grognements de chien. J'avais peur. Je me souviens qu'après avoir crié de toutes mes forces, je me suis fait tout petit dans un coin. Et j'ai pleuré. Mon papa me disait toujours qu'un garçon ne doit pas pleurer, mais c'était plus fort que moi. Mes parents me manquaient, mon frère me manquait. Mes amis de l'école, ma maîtresse. Toutes les personnes que je connais... j'aurais voulu les avoir près de moi.

Mais ils n'étaient pas là.

Dorian, 7 ans

8 mai 1989

Hier, le monsieur est venu et il a longtemps parlé avec moi. Il m'a dit qu'il se sentait seul et que c'était pour ça qu'il me gardait ici. Qu'on pouvait devenir amis tous les deux. Qu'en échange, il me laisserait partir. Mais que je devais bien faire tout ce qu'il me demanderait. Pour me récompenser de l'avoir écouté, j'ai eu droit à un Happy Meal©. Il m'a même laissé le jouet. C'est un Schtroumpf, le Schtroumpf à lunettes. Mes lunettes à moi, elles étaient un peu cassées quand je suis arrivé ici. Le monsieur a mis du scotch dessus pour que ça tienne, mais parfois, elles se tordent quand même. Ce qui m'ennuie, c'est qu'à part mes livres d'école, je n'ai rien à lire pour passer le temps. J'ai demandé si je pouvais avoir des BD, mais l'homme, il a dit non. Qu'il faudrait qu'il installe de la lumière pour que je ne me fatigue pas les yeux, et il n'avait pas envie. Parce que sinon, je n'allais pas dormir. Mais moi, je pense que c'est une excuse. Qu'il ne veut pas que je voie son visage. C'est pour ça qu'il reste dans l'ombre.

Heureusement, il fait jour tôt le matin. Je peux au moins écrire avant qu'il n'arrive avec le petit déjeuner. Une fois, il a failli me voir, j'ai juste eu le temps de sortir mon livre de lecture pour cacher mon cahier. Comme ça, il changera peut-être d'avis sur les BD. Mon papa, il dit : « Il n'y a que les idiots qui ne changent pas d'avis. » Pas sûr que ça plaise au monsieur si je dis qu'il est un idiot.

20 mai 1989

Le monsieur vient tous les jours me parler quand il me donne à manger le matin. Il s'assoit à côté de moi et il me regarde. Au début, je trouvais ça gênant, mais maintenant, je m'y suis habitué. Parfois, il amène un jeu de cartes et on joue à la bataille. Il est très fort, il gagne presque tout le temps. Je pense qu'il triche parce que ce n'est pas possible de gagner autant. L'autre jour, je le lui ai dit, mais il s'est fâché.

– On ne dit pas ça à son ami !

Il a pris le reste de mon repas et il est parti. J'ai pleuré, je me suis excusé, mais il n'est pas revenu avant le lendemain. En me donnant mon bol de céréales, il m'a fait jurer de ne plus recommencer. J'ai juré.

12 juin 1989

C'est bientôt mon anniversaire. Dans deux jours, j'aurai 8 ans. Je suis grand maintenant. À 8 ans, on peut aller dans la grande roue de la fête foraine. J'espère que je pourrai sortir à ce moment-là. Pour la rentrée des classes aussi. Mais avant, je voudrais manger de la barbe à papa avec mon grand frère devant les lumières des manèges et le bruit des ballons qui éclatent au stand de carabines. Il est fort aux carabines, mon frère. Il m'a montré comment il visait, et ça fait mouche à tous les coups ! J'aimerais qu'il m'apprenne un jour.

J'espère qu'il ne m'a pas oublié...

14 juin 1989

Aujourd'hui, c'est mon anniversaire. Pour l'occasion, le monsieur m'a fait un gâteau au chocolat. J'ai soufflé les bougies et mangé plusieurs parts. Il y avait des grains avec un drôle de goût, mais j'ai mangé quand même. J'avais tellement faim ! D'habitude, j'ai seulement droit à une ou deux tranches de pain beurrées et à du jambon. Même pas de gruyère, alors que Maman, elle en met toujours quand elle me fait un sandwich avec du jambon. Parfois, elle en met deux tranches. Elle sait que j'aime ça.

Pendant que je mangeais, le monsieur est ressorti et est revenu avec un petit paquet.

Je pensais que c'était un cadeau pour moi, mais c'est lui qui l'a ouvert. Dans la boîte, il y avait un tube transparent. Comme il faisait sombre, j'ai demandé au monsieur ce que c'était. « Une huile de massage », il m'a dit. Après, il m'a demandé de retirer mon t-shirt et de me tourner. Je me souviens qu'il souriait bizarrement. Il a insisté, alors j'ai enlevé mon t-shirt, même si j'avais très froid. Pour la peine, j'ai repris une part de gâteau. Il commençait à avoir un drôle de goût, mais je l'ai quand même avalé. Quand il a ouvert le tube, j'ai commencé à avoir mal à la tête. J'ai senti la main du monsieur glisser sur mes épaules. Sa paume était douce, mais le gel froid. Je grelottais. Mais il a continué à étaler la crème sur mon dos, jusqu'en haut de mon pantalon. Je ne comprenais pas pourquoi il faisait ça. Au début, j'avais peur de le dire. Mais à un moment, il a passé sa main un peu trop près de mon slip, alors, je me suis écarté et j'ai dit au monsieur que je n'étais pas d'accord. Il s'est énervé.

– Tu vas faire ce que je te dis, sinon je ferai du mal à ton frère !

– N'importe quoi ! je lui ai dit. Si mon frère était ici, il m'aurait délivré depuis longtemps.

Il a rigolé et il m'a tenu fermement la nuque pendant qu'il massait mon dos.

– Si tu veux revoir ton frère, il va falloir que tu m'obéisses. Autrement, je vais encore devoir te punir. Plus de gâteaux, plus de petit déjeuner...

Alors, je n'ai rien dit et j'ai fait ce qu'il demandait. Maman dit toujours que le petit déjeuner, c'est le repas le plus important. Ici, je n'avais que celui-là. Ensuite, je crois que je me suis endormi. J'avais mal à la tête, je ne me souviens pas de tout. Quand je me suis réveillé, j'étais tout nu. Et j'ai eu mal en allant au petit coin.

10 août 1989

Après mon anniversaire, le monsieur est revenu plusieurs fois avec le tube d'huile, et toujours accompagné d'un goûter pour moi. J'étais content de manger quelque chose de sucré, mais il y avait toujours les grains bizarres à l'intérieur. Je lui ai demandé si c'étaient des insectes, mais il n'a pas voulu me répondre. Dans le doute, je les avalais tout ronds au lieu de les croquer. Ma tête tournait un peu moins, mais je n'avais pas moins mal quand je me réveillais. Après, je pleurais beaucoup.

Alors, pour que ça passe plus vite, j'ai pensé à mon frère, à mes parents. J'aurais tellement voulu qu'ils me serrent dans leurs bras et qu'ils me disent que je retournerais à l'école le lendemain, que je retrouverais tous mes camarades.

18 septembre 1989

L'homme vient me masser tous les jours maintenant. J'ai du gâteau tous les jours, mais j'ai aussi mal tous les jours. Et je me souviens de tout ce qu'il me fait... J'ai moins mal à la tête. Aujourd'hui, je lui ai dit non, alors il m'a plaqué sous lui pour que je ne bouge pas. J'ai crié, mais il était plus fort que moi. Il a appuyé plus fort.

Et c'était pire que d'habitude... Je ne sais pas comment le décrire... Après, il m'a fait des bisous partout en me disant qu'il m'aimait bien, que c'était plus simple avec moi qu'avec les autres. Quels autres ? Il y avait donc d'autres enfants comme moi ici ? Il n'a pas répondu. À la place, il m'a chuchoté qu'il me le montrerait bientôt si je restais bien sage. Que si je ne bougeais pas quand il viendrait me voir les prochains jours, j'aurais le droit de savoir. Alors j'ai fini le gâteau et je me suis endormi.

5 octobre 1989

Hier, j'ai vu d'autres enfants. Le monsieur m'a habillé et m'a mis un sac sur la tête. Il m'a dit que je l'avais écouté et qu'il avait une surprise pour moi, mais qu'il fallait vraiment que je ne bouge pas et que je sois très sage. Encore plus que d'habitude. Il m'a pris la main et m'a conduit dans sa voiture. Je le sais, parce que j'ai reconnu l'odeur et le bruit du moteur quand il a démarré.

Durant le trajet, j'ai eu l'idée de courir dès qu'on serait arrêtés. Mais juste après, je me suis dit que ça ne servirait à rien, parce que l'homme courait plus vite que moi. Alors, quand il m'a fait sortir de la voiture et a pris à nouveau mon bras, je l'ai suivi.

Nous avons passé une première porte, puis une deuxième. Le courant d'air chaud plaquait le sac sur mon visage, et j'ai éternué. L'homme m'a répété de la fermer. J'ai fermé ma bouche en regardant le sol. Il marchait rapidement et tirait sur mon bras. Je devais presque courir pour continuer à le suivre. Quelques mètres plus loin, une autre voix grave l'a salué et il m'a retiré le sac. La lumière m'a ébloui. Devant moi, il y avait plusieurs enfants aussi grands que moi. Ils se tenaient tous droits comme si on était à l'armée et ils étaient tous en slip. Impressionné, j'ai détourné le regard et fixé l'homme qui m'accompagnait. Je voyais enfin son visage. Il était tout rouge et gonflé. Il rigolait avec l'autre monsieur. Lui, il avait un appareil photo autour du cou, comme dans certains magazines de mon papa. Après, il m'a demandé d'enlever mes chaussures et mes vêtements, et de rejoindre les autres sur le fond noir. En repensant à la punition, j'ai obéi. J'avais l'impression d'être à l'école, mais personne ne souriait. J'ai même vu certains garçons trembler et d'autres se retenir de pleurer. Dans mon dos, le plus grand du groupe m'a chuchoté qu'il avait un plan pour sortir d'ici. Je ne l'ai pas cru.

Peu après, d'autres hommes sont arrivés. Quatre en tout. Eux non plus, ils n'étaient pas habillés. J'ai frissonné. Mes camarades tremblaient aussi derrière moi. Nous reculions tous, malgré nous, en devinant le danger.

Les hommes ont retiré leur sous-vêtement avant de s'agenouiller près de nous. Je n'osais pas les regarder en face. Là, ce n'était pas comme dans la pièce sombre chez le monsieur. Avec la lumière, on voyait tout. Et leurs voix gentilles me donnaient la nausée.

Après, le monsieur avec l'appareil photo a installé son objectif face à nous et a indiqué que ça filmait. À partir de ce moment-là, j'ai fermé les yeux. Autour de moi, je sentais les corps, la peau se presser contre moi, mon visage. J'entendais les voix des messieurs tout nus. Ils faisaient des bruits bizarres, comme des cris, mais tout bas. J'ai replié mes bras autour de moi en serrant les dents. Non, je ne voulais pas rester ici. Mais que se passerait-il si je hurlais ? Si nous hurlions tous en même temps ? Derrière moi, j'ai reconnu la voix du grand du groupe. Il leur criait d'arrêter, qu'il ne voulait pas. Mais les voix des messieurs insistaient, lui disaient de se taire et d'obéir.

Une voix douce m'a chuchoté de me laisser faire. J'ai secoué la tête, contractant tous les muscles de mon corps. Sur ma joue, le zizi du monsieur passait et repassait. Je toussais de dégoût et je me penchais en avant pour l'éviter.

Puis il y a eu un grand *boum*. Les messieurs se sont affolés. Ils ne comprenaient pas ce qui se passait. Moi non plus. Après, ils ont dit que c'était la police, qu'il fallait filer avant qu'on nous voie. Mais des cris les ont arrêtés. Les mains sur mes oreilles, j'ai ouvert un œil. C'est là que j'ai vu des hommes habillés tout en noir avec des casques et des armes dans la pièce. Certains de mes camarades ont poussé des cris. Moi, j'ai pleuré. Je ne pouvais faire que ça à ce moment-là.

Les policiers nous ont isolés des hommes, et on nous a apporté des couvertures avant de nous emmener à l'hôpital. Une femme médecin très gentille m'a examiné. Elle m'a dit que mes parents allaient bientôt arriver. Sur le moment, je ne l'ai pas crue. Elle n'a pas insisté, et après, elle est partie. Je crois que je me suis endormi. Quand je me suis réveillé, mes parents étaient près de moi. Maman pleurait. Je lui ai dit que tout allait bien, mais elle a continué de pleurer en me caressant la joue. J'ai eu une sensation bizarre quand sa main m'a touché le visage. Alors, elle s'est excusée. Papa a secoué la tête et lui a chuchoté quelque chose à l'oreille, mais je n'ai pas entendu.

8 octobre 2010, 15 h 18

Assis dans ma vieille Ford Focus d'occasion, je patiente. Je scrute sans ciller la maison de l'autre côté de la rue.

Soyons honnêtes : malgré les années, je n'ai jamais retrouvé une vie normale. J'avais beau être entouré, avoir reçu tous les soins possibles, on ne répare pas un esprit perverti par l'horreur. La seule chose qui m'a fait tenir, c'est la soif de vengeance. De savoir que le fils de pute qui avait bousillé mon enfance, ma vie, allait finir par sortir de prison. Et que je le cueillerais à sa sortie.

Je nourris cette idée depuis huit ans maintenant, en secret. Je n'ai rien dit à mon psy ni à mes parents. Ni même à mon frère. Pour eux, je vais mieux. Je sais que c'est mal, mais je ne veux pas les mêler à ça. Je dois faire les choses proprement.

En serrant mes mains gantées autour du volant, j'expire un grand coup, puis j'ouvre la boîte à gants. Je saisis le flingue emprunté à mon frère et j'ouvre la portière. La rue est déserte. On est en pleine semaine, les gens travaillent. C'est presque trop facile. Je remonte l'allée jusqu'au porche et je frappe à la porte. Ma main est moite sur la crosse de l'arme automatique.

Soudain, le battant s'ouvre sur mon bourreau.

– Oui, c'est pour quoi ?

– Ton ticket pour l'enfer, fils de pute ! je lâche en pointant le canon sur lui avant de presser la détente.

Je n'oublierai jamais son regard à ce moment-là. Celui d'un enfant effrayé.

Sang neuf

À la nuit tombée, la nocturne du marché aux puces battait son plein. La dixième édition, organisée cette année, avait surpassé le record d'exposants de toutes les précédentes. Petits et grands s'affairaient autour de leurs stands respectifs en déballant une quantité astronomique de marchandises contenues dans des cartons et des sacs. Les bibelots, poupées de porcelaine et jeux de vaisselle colorés et incomplets s'entassaient dans le vacarme ambiant. À l'entrée du parking, quelques food trucks profitaient de l'occasion : l'odeur des saucisses grillées embaumait l'air sec du crépuscule. Je sentais presque la chair tendre et croustillante sur ma langue.

En courant, je rejoignis mon grand frère, Samuel, en bout de file. Trop occupé à ranger soigneusement sa maigre collection de cuillères en argent, il n'entendit pas mon appel, et j'en profitai pour fureter sur les étals voisins. Je passai devant une table couverte de lampes à huile et je remarquai un pot à lait atypique : son corps n'était pas en fer, mais d'aspect plus rugueux. Après un coup d'œil au propriétaire, un homme à la barbiche blanche, j'effleurai l'objet délicatement. C'était chaud et mou. Je pouvais même deviner quelques poils à la surface...

Serait-ce... de la peau ?

Horrifié, j'eus un brutal mouvement de recul.

– Hé, p'tit gars ! Regarde où tu vas !

Je m'excusai dans un murmure tandis que je décampais. Mes pas me ramenèrent à l'étal de mon frère. En voyant mes yeux écarquillés, il me questionna :

– Tout va bien, Henri ? On dirait que tu as vu un fantôme...

Les mâchoires serrées, je fus incapable de lui dire ce que j'avais vu. De toute façon, il ne m'aurait certainement pas cru.

« Une ombre habillée de noir m'a demandé de tuer Papa et Maman. Elle avait faim. Je n'ai pas voulu le faire, alors elle a dit qu'elle s'en prendrait à mon frère. Ça me faisait mal à l'intérieur. Comme si la chose était en moi. Ensuite, je ne sais pas comment, j'ai ouvert les paupières et j'étais dans le salon. À côté de moi, mes parents étaient au sol, et il y avait du sang partout. J'ai réveillé Samuel et on a appelé les secours. C'est tout ce dont je me souviens. »

L'enregistrement de mon audition, qui avait eu lieu le lendemain du drame, tournait encore dans mes oreilles à mon réveil. J'avais passé les trente années précédentes à essayer de comprendre et de fuir cette malédiction qui avait décimé ma famille. Aujourd'hui, il ne me restait plus que Samuel. Le visage grave, je serrai fort l'obsidienne à mon cou en repoussant les couvertures usées de ma chambre d'hôtel.

Soit je trouve une solution avec le vieux, soit je vais devoir faire un choix. Ce sera Sam ou moi.

Quelques heures plus tard, j'arpentais les allées du marché nocturne, comme à mes 10 ans. Le vent frais et les odeurs de viande grillée fouettaient mon visage, comme de vieilles amitiés. Mais j'avais beau regarder autour de moi, aucune trace de l'homme à la barbiche. Je fis la moue et rebroussai chemin en bousculant quelques touristes au passage.

Soudain, je remarquai le même déballage de lampes en cuivre que dans mon souvenir. Je dévisageai le barbu debout devant l'étal. Son gros nez rouge et ses joues creuses ne m'inspiraient pas confiance, mais il était ma seule chance pour le moment. Je déglutis avant de l'interpeller :

– Monsieur ?

– Oui ? Vous voulez un renseignement, peut-être ?

– Je suis à la recherche d'un exposant... Un vieux monsieur...

Le commerçant me regarda, des ridules plein le front.

– Vous pouvez être plus précis ? Non pas que j'aie la mémoire courte, mais je fais tellement de vide-greniers...

– C'était ici même, il y a un peu plus de trente ans, ajoutai-je. L'homme que je cherche était en possession d'articles assez étranges...

Ses yeux s'illuminèrent.

– Ah ! Jo Morel ? C'est Jo Morel que vous cherchez... Mais vous arrivez un peu tard, mon gars. Le pauvre vieux a passé l'arme à gauche, il y a seulement quelques jours. Crise cardiaque.

La nouvelle me fit l'effet d'un coup de fusil en plein cœur.

– Vous savez s'il lui restait de la famille ou...

– Non... Sa seule famille, c'était nous... Enfin, vous voyez. Un vieux loup solitaire comme on n'en fait plus de nos jours. Tout ce que je peux vous dire, c'est qu'il a été enterré au cimetière qui se trouve à deux rues d'ici.

J'opinai, encore sous le choc.

– Il ne vous aurait pas dit, par hasard, quelque chose à propos d'un pot à lait ?

– Non, mon gars. Mais à vot'tête, j'ai l'impression que c'est important... Alors, je vais vous dire une chose sur le vieux Jo : il a toujours été bizarre. Quand on s'est rencontrés sur ce marché, il avait déjà ce regard gris et abîmé par la vie, comme si des secrets le rongeaient de l'intérieur. Je l'aimais bien, mais je ne lui ai jamais posé de questions. Il a tout emporté avec lui !

J'acquiesçai une nouvelle fois. Il ajouta :

– Ne le prenez pas mal, mais j'ai l'impression que vous souffrez, vous aussi. J'espère que vous trouverez ce que vous cherchez...

Dans un murmure, je le remerciai et longeai les allées jusqu'à la sortie.

Il ne peut pas être parti sans rien laisser...

Déterminé, je décidai de faire un crochet par le cimetière. La lueur blafarde des réverbères projetait mon ombre fantomatique sur les pavés et les murs de pierres. Par chance, l'enclave jonchée de tombes n'était pas fermée au public la nuit. Armé de la lumière de mon téléphone, j'arpentai l'allée principale. L'endroit était relativement petit. Au bout de longues minutes dans le froid et le noir, je découvris la stèle de Jonas Morel. Tremblant, je me penchai pour lire les lettres gravées sous le nom du défunt. Un frisson glacé me parcourut.

« À l'origine du monde, il fut un homme qui savait tout. Grâce à sa peau, la mémoire de ses ancêtres perdure au-delà des âges. S'il vous trouve, vous subirez le même sort. »

Soudain, un flash assaillit mon esprit. Je vis le vieil homme toucher le pot à lait des deux mains, murmurant quelques mots dans une langue inconnue. Puis il s'arma d'un couteau et découpa un morceau de chair dans son avant-bras. Un son guttural monta de sa gorge.

– *Rofatik jaghun tpoven gnar !*

Il brandit la languette de peau devant lui et la déposa sur le bord du pot. Elle disparut à l'intérieur dans un bruit de succion.

Les mains sur ma bouche, je réprimai un cri. Brusquement, ses yeux globuleux se tournèrent vers moi, comme s'il me voyait. Il sourit brièvement avant de ricaner. Puis la vision s'estompa et disparut. Je me retrouvai face à la tombe, pétrifié par ce que je venais de voir.

– S'il en est le créateur originel… en touchant l'artefact, je lui ai volé son pouvoir. Je peux tout arrêter.

Dans le silence de la nuit, je m'armai de courage avant de tourner les talons. Il était tard, mais je devais prévenir mon frère de mon départ pour les Enfers. Instinctivement, mes pas me conduisirent à travers le bourg, jusqu'à la maison familiale. Rien n'avait changé. Tel un avertissement, la vieille bâtisse me toisait de toute sa hauteur. Je serrai les mâchoires. Découpée dans le lierre, la fenêtre du rez-de-chaussée diffusait une faible lueur. Je déglutis en m'approchant de la porte. Le bruit sourd du heurtoir en bronze contre le bois fit écho dans ma cage thoracique. Derrière, j'entendis des pas précipités. Puis le battant s'ouvrit sur un homme aux tempes poivre et sel, un peu plus grand que moi. Il resserra les pans de son peignoir en polaire.

– Qu'est-ce que tu fiches ici ?

– Bonsoir, Sam…

Il secoua la tête.

– Je t'avais dit de ne plus revenir ! Casse-toi ou j'appelle les flics !

– Attends ! Tu pourras les appeler si tu veux, mais avant, j'ai quelque chose à te dire…

– Qu'est-ce que tu vas me sortir cette fois ? Encore cette foutue légende ?

J'inspirai profondément et déclarai :

– Je dois mourir, Sam.

– Quoi ?

– C'est la seule solution pour que la malédiction s'arrête !

Il leva les yeux au ciel et écarta un peu plus la porte.

– Arrête ton cirque, Henri... Ça fait des années que ça dure, tu n'en as pas marre ?

– Je suis sérieux, Sam ! Si je ne le fais pas, tu y passeras aussi et...

– Tu l'avoues finalement ! C'est toi qui as tué Papa et Maman !

– Tu te trompes... Je... Écoute, crois ce que tu veux, mais je voulais simplement passer un peu de temps avec toi avant d'en finir. Mais si tu ne veux pas, je comprendrai...

Il se tut aussitôt. Nous nous fixâmes un instant en silence. Il dodelina de la tête, la mine contrite. Puis il lâcha :

– OK, t'as gagné... entre ! Mais reste à bonne distance !

J'acquiesçai en passant le seuil avant de refermer derrière moi. Une légère odeur de renfermé persistait, même après toutes ces années. Je me débarrassai de mon manteau et suivis mon frère dans le couloir. La vue des photos de famille accrochées aux murs raidit ma nuque.

Moi aussi, si j'étais resté dans cette maison, je serais en colère...

À la suite de mon frère, je bifurquai dans le salon. Malgré le remplacement des tapis tachés de sang, la vision de mes parents étendus sur le sol ne quittait pas ma rétine. D'un geste, mon frère m'invita à m'asseoir dans le canapé au coin de la cheminée. Il désigna une tasse fumante sur la table basse.

– Tu veux un café ?

– Non merci... soufflai-je.

En haussant les épaules, il s'empara de son mug et en but une gorgée.

– Ça fait combien de temps que... tu veux en finir, comme tu dis ?

– Je viens seulement de le comprendre. Au cimetière.

– Comment ça ? Et qu'est-ce que tu foutais là-bas ?

Rapidement, je lui expliquai toute l'histoire. Le pot, le démon, Jonas Morel. À la fin de ma tirade, mon frère s'exclama :

– Et tu veux me faire croire que tout va se résoudre si tu te suicides ? C'est du grand n'importe quoi !

– Si je ne le fais pas, on meurt tous les deux, c'est ce que tu veux ? rétorquai-je.

– Henri, ce que je veux, c'est que tu te fasses soigner !

Tout à coup, un bourdonnement intense s'installa dans mes oreilles. Je grimaçai de douleur. Puis une voix d'outre-tombe s'éleva, nous tétanisant tous les deux.

– Son sang... donne-moi son sang !

– Qu'est-ce que c'était ? s'empressa de demander Samuel.

Je n'eus pas le courage de lui répondre. Mais je le savais. Les mains sur les oreilles, je tournai la tête vers l'autre bout de la pièce. À quelques mètres de nous, le pot trônait fièrement.

Je réprimai un juron avant de me lever.

– Henri, c'est quoi, ce truc ? Comment est-il arrivé ici ?

– C'est l'objet dont je te parlais.

– Te fous pas de ma gueule ! Comment ce truc est entré ? Il s'est téléporté, ou je ne sais pas quoi... ?

– Peu importe. Je dois le faire.

– Quoi ? Non, tu ne bouges pas de là !

Ignorant ses paroles, je marchai vers l'artefact et m'assis à côté. Lentement, je tendis mon bras vers l'ouverture. Quand mes doigts la frôlèrent, elle s'agrandit, découvrant une poignée sertie de rubis et de diamants. En haletant, je soulevai la dague hors de sa prison.

– Henri, non !

– Il le faut, Samuel.

La dague se dirigea vers moi, me menaçant de sa pointe rutilante. Le souffle court, je me mordis la joue.

– Fais-le... m'enjoignit la voix.

Mon pouls s'accéléra. En tremblant, je remontai une manche de mon pull et tendis mon bras nu au-dessus de l'embouchure vivante.

– FAIS-LE !

Je déglutis une nouvelle fois et approchai la lame de mon poignet. L'acier trancha ma chair, m'arrachant un gémissement. En plissant les lèvres, je pressai ma paume contre ma peau, et un flot discontinu de sang coula dans le contenant. Brusquement, le pot à lait s'anima. Il tomba sur le côté en grognant de satisfaction.

– Oui ! OUI ! Succulent...

Un éclat de lumière apparut et une main décharnée se posa sur mon genou.

– Henri... Tu es heureux de me voir ? On va passer une nuit d'enfer, toi et moi...

– Parle pour toi, démon ! criai-je avant de planter le poignard dans ma poitrine.

La chose hurla à travers moi. Sans lâcher prise, j'appuyai davantage alors que le salon disparaissait sous une lumière aveuglante. La voix déchirante de mon frère fut la dernière chose que j'entendis avant de m'effondrer.

– NON !

Quelques instants plus tard, j'ouvris les yeux sur le parquet du salon. Mon frère était agenouillé près de moi, une de mes mains dans la sienne. De grosses larmes coulaient de ses joues en feu.

– Pourquoi tu as fait ça ?

– Il le fallait... murmurai-je en respirant difficilement. Au moins, toi, tu vivras.

Doucement, je sentais mes paupières devenir de plus en plus lourdes. Samuel secoua la tête.

– Henri, reste avec moi ! Les secours seront là d'une minute à l'autre !

– Adieu, Samuel.

D'un coup, les ténèbres m'engloutirent et je sentis une vague d'amour m'envahir.

– Tu nous as manqué, fiston.

– Vous aussi, Papa, chuchotai-je dans un sanglot.

Mon fils

– Léo ! Reste près de moi, s'il te plaît !

En parcourant le rayon des produits d'entretien, Magali tente de garder un œil sur son jeune fils de 4 ans. Malheureusement pour elle, le blondinet aux yeux clairs ne tient pas en place. Accroupi devant les berlingots de javel, il enfonce sa main entre les étagères.

– Maman ! On n'a pas besoin de ça ?

– Non, mon lapin... soupire la mère de 35 ans en ramenant ses longs cheveux blonds en arrière. Allez, viens. On va chercher les brioches...

– Euh... Mais moi, je veux des croissants !

– D'accord, on va prendre des croissants alors...

Tandis que Léo court jusqu'au rayon suivant, Magali se fraye un chemin avec son chariot en faisant la grimace. Une vieille dame l'empêche d'aller plus vite.

– Avance... Avance... marmonne-t-elle entre ses dents.

Coincée derrière la retraitée, la mère pense à la dernière carte postale de son mari.

Dans deux semaines, il sera rentré de mission...

Avec son métier de militaire, elle savait que ça serait compliqué. Mais quand Léo était né, plus rien n'avait eu d'importance. Toute seule, elle avait géré les premiers pleurs, les nuits compliquées, les premières dents. Puis il avait appris à marcher... Depuis, faire les courses était devenu une épreuve.

Enfin débarrassée de la grand-mère, Magali hâte le pas et tourne dans le bon rayon. Au milieu de l'allée, son fils arbore un large sourire en face de ses viennoiseries préférées. Elle soupire en s'approchant.

– Tu as choisi ?

– Oui ! s'exclame-t-il fièrement en déposant le paquet bleu dans le chariot.

– Ça te dit qu'on prenne deux desserts pour ce midi ?

– Oh, oui !

Le visage enjoué du petit garçon lisse les ridules du front de sa mère. Ils choisissent rapidement deux tartelettes au chocolat et reprennent la direction de l'allée centrale. Telle une fourmilière, les artères du supermarché grouillent de monde. Les sourcils froncés, Magali avance tant bien que mal, tout en gardant un œil sur son fils.

– Mon lapin, tu ne veux pas grimper dans le chariot ?

– Je suis plus un bébé, Maman... Je veux faire comme toi !

– D'accord... concède-t-elle. Alors, accroche-toi bien. Il y a beaucoup de monde...

L'enfant acquiesce silencieusement, ses petits doigts serrés sur les barreaux en acier. Ils cheminent un instant, avant de bifurquer sur la droite. Au milieu des sauces tomate, Magali ordonne à Léo :

– Tu restes là, hein ? Je n'en ai pas pour longtemps...

– C'est pour les pâtes à la bolognaise ?

– Oui...

– On en mangera ce soir, hein ?

– Oui... Si je trouve la bonne...

Les yeux rivés sur les étagères où les bocaux s'alignent, plus semblables les uns que les autres, la jeune mère secoue la tête.

Pourquoi faire autant de variétés ? C'est insensé...

Soudain, elle esquisse un sourire victorieux et saisit l'article tant recherché.

– Voilà, mon lapin. On va pouvoir aller chercher la salade et...

Sa voix reste en suspens. Son fils a disparu.

Le cœur battant à vive allure, Magali regarde autour d'elle. Aucun petit garçon à l'horizon.

– Léo ?

Machinalement, elle repose le pot de sauce sur une étagère et elle trottine jusqu'au rayon suivant.

Merde !

Sa gorge se comprime et elle manque de s'étrangler avec sa salive. Aucune trace de son fils ici non plus. Magali refuse de le croire et frotte ses yeux. Le tissu synthétique lui brûle les paupières. Quand elle scrute une nouvelle fois l'allée remplie de produits secs, deux paires d'yeux la dévisagent. La mère hèle les deux femmes qui discutent.

– Vous n'avez pas vu un petit garçon ?

Les commères secouent la tête. Affolée, la jeune femme serre les dents et rebrousse chemin en ignorant leurs réflexions sur sa façon d'éduquer son enfant.

Ce n'est vraiment pas le moment !

Alors qu'elle appelle son fils en passant dans tous les rayons, la foule des consommateurs s'intensifie.

– Léo ! Léo !

Bouleversée, elle zigzague entre les chariots pleins, bousculant quelques personnes au passage. Certains la fixent, d'autres se retournent en signifiant leur mécontentement d'un reproche ou d'une grimace.

La gorge serrée, Magali insiste. Sans succès. Les larmes au bord des yeux, elle remonte l'anse de son sac à main sur son épaule et court jusqu'à l'accueil du magasin. Déjà, elle imagine son fils, errant dans les allées. Vulnérable.

Quand elle arrive devant l'accueil, plusieurs personnes attendent leur tour. Elle secoue la tête, remonte la file et se plante derrière la vitre en plexiglas. La dame qu'elle vient de doubler lui adresse un regard noir.

– Non mais, qu'est-ce que c'est que ces manières ? Faites la queue comme tout le monde !

L'hôtesse d'accueil acquiesce :

– Madame... vous devez...

– J'ai perdu mon fils !

Devant la stupéfaction des deux femmes, Magali reprend son souffle et ajoute :

– J'ai perdu mon fils dans le magasin… Vous devez faire une annonce tout de suite !

– Bien sûr ! répond l'hôtesse. Comment s'appelle-t-il ?

Le ton concerné de son interlocutrice rassure Magali.

– Léo. Il a 4 ans. Il est blond avec un short bleu foncé et un t-shirt blanc.

À peine les informations griffonnées, l'hôtesse saisit le micro et appuie sur le bouton de diffusion :

« Votre attention, s'il vous plaît : le petit Léo est attendu à l'accueil. Il est blond et porte un short bleu et un t-shirt blanc. Si vous le voyez, merci de le conduire jusqu'à l'accueil central du magasin. Je répète, le petit Léo est attendu à l'accueil. Merci. »

À la fin de l'annonce, Magali tremble. Un profond sentiment de solitude l'envahit. Elle laisse sa place devant le guichet et perd ses yeux dans la foule. Elle cherche, scrute, espère. Les larmes coulent sur ses joues, alors elle les essuie avec sa manche d'un geste vif. Puis elle mord ses doigts, ronge ses ongles. Le vernis s'écaille entre ses dents, laissant un goût amer dans sa bouche. Léo n'arrive toujours pas. Impuissante, la jeune femme respire fort.

Pourquoi... pourquoi il n'arrive pas ?

Soudain, la vibration de son téléphone la fait sursauter. Sans quitter le magasin des yeux, elle glisse une main fébrile dans la poche externe de son sac et saisit l'appareil. C'est le rappel de rendez-vous pour son fils. L'orthophoniste les attend dans moins d'une heure. Magali masse son front et soupire.

Fait chier...

N'y tenant plus, elle se tourne vers l'hôtesse du magasin. Celle-ci lui adresse un sourire compatissant :

– Madame… ne vous inquiétez pas…

– Repassez le message, s'il vous plaît.

– Mais cela fait à peine trois minutes…

– Repassez le message ou je le fais moi-même !

L'hôtesse s'exécute, une once de peur dans le regard. Pendant que l'annonce résonne dans le bâtiment, Magali se mord les joues. Elle ne voulait pas la menacer. Mais c'est son fils. Et qu'il disparaisse comme ça, ce n'est pas normal. Un instant, elle suppose que l'hôtesse est trop jeune pour comprendre. Que si elle avait des enfants, elle comprendrait son angoisse. Le mal qui ronge ses tripes, son cœur et tout son corps en ce moment. Elle secoue la tête. À quoi bon faire de la pédagogie maintenant ? Elle a juste envie de crier, de hurler à cette multitude de gens de lui rendre son enfant. Mais tout le monde l'ignore.

Voilà presque dix minutes qu'elle est plantée là, à espérer que Léo va arriver accompagné d'une âme charitable. Tandis qu'elle regarde les allées s'éclaircir, une nouvelle salve de sanglots se prépare. Magali renifle. Un frisson glacé lui parcourt l'échine.

Et si quelqu'un l'avait enlevé ?

La vision d'un homme inconnu tenant la main de son fils l'assaille, lui donne la nausée. Il lui a certainement promis qu'il le ramènerait à sa maman. Impuissante, Magali sent la bile remonter dans son œsophage. Elle déglutit plusieurs fois et se retourne. L'hôtesse d'accueil est occupée avec une vieille dame. La colère monte dans son estomac ravagé par la douleur. Elle s'approche à nouveau pour interrompre la jeune employée du magasin, mais une autre vient à sa rencontre.

– Madame, on s'occupe de vous ?

– J'ai fait plusieurs annonces pour mon fils, mais...

– Je vois. J'appelle la sécurité du magasin.

Décontenancée, Magali acquiesce en ravalant sa salive.

À quelques mètres d'elle, une femme attend son tour à la caisse. Dans son chariot, deux enfants en bas âge. La mère fixe la scène avec insistance. Un homme arrive brusquement, dépose une bouteille de vin sur le tapis roulant et se plante derrière la brune avant de la serrer contre lui. Le cœur de Magali se serre. Une larme coule sur sa joue.

Si Jérôme avait été là, ce ne serait pas arrivé !

Son mari serait resté auprès du jeune garçon, et quand elle serait revenue au chariot, ses deux amours l'auraient dévisagée en souriant. Elle n'aurait pas perdu Léo dans ce foutu supermarché.

– Madame ? C'est vous qui cherchez votre fils ?

La voix masculine la sort de ses pensées. Les yeux perçants du vigile en habit sombre la toisent. Un élan d'espoir la parcourt tout entière.

– Oui !

– Venez avec moi.

Elle suit l'homme, qui se déplace d'un pas vif. Derrière une porte sécurisée, ils longent un couloir étroit, puis se retrouvent dans une pièce assombrie, éclairée par quatre larges écrans en noir et blanc. En les voyant arriver, l'agent aux commandes demande :

– Vous savez à quelle heure c'est arrivé, madame ?

– Il y a moins de dix minutes, balbutie-t-elle. Nous étions dans le rayon des sauces pour les pâtes...

Il acquiesce et joue avec les boutons de sa console.

Finalement, le petit homme bourru s'éclaircit la gorge et dit :

– OK, je vous vois.

Haletante, la mère éplorée lève la tête vers l'écran que l'homme pointe du doigt. Elle reconnaît sa silhouette et celle de Léo, le bras pendu au chariot. Elle le fixe sans discontinuer jusqu'au moment fatidique. Tout à coup, l'image du petit garçon disparaît. Magali cligne plusieurs fois des yeux tandis que les deux vigiles s'insurgent :

– Qu'est-ce que c'est que ces conneries ?

– Je comprends pas, Dédé... C'est bien la première fois que je vois un truc pareil !

– Sûrement un défaut de la caméra. Appelle les gars du service technique et demande-leur de tirer ça au clair ! En attendant, on va chercher directement dans le magasin. Venez, madame, il peut pas être bien loin, votre gamin...

D'un pas vacillant, elle parcourt les allées avec l'agent de sécurité une nouvelle fois. Bredouilles, ils regagnent l'accueil du magasin. Le vigile lui fait signe de rester là et sort son téléphone.

– Je vais prévenir les autorités. Restez là, d'accord ?

Magali acquiesce. Après le départ de son collègue, l'hôtesse s'approche de la jeune mère et lui murmure :

– Toujours rien ?

– Non...

– Ils vont le retrouver, ne vous en faites pas...

– Ah oui ? Et comment ? Il a disparu des caméras !

Devant son ton agressif, l'hôtesse n'insiste pas et retourne à ses occupations.

Excédée, Magali fond en larmes, incapable de contenir son chagrin. Surprises, quelques personnes la dévisagent.

– Qu'est-ce que vous regardez ? elle maugrée.

La lèvre inférieure entre ses dents, elle sanglote. Toutes ces familles heureuses, parfaites et sans défauts qui défilent autour d'elle... Alors que la nausée gagne encore du terrain, elle serre davantage l'anse de son sac. Elle les envie, les dévore du regard.

Pourquoi moi ? Pourquoi mon Léo ?

Son téléphone se manifeste encore. C'est l'orthophoniste. Elle décroche.

– Madame Vernel ?

– Oui...

– Nous avions rendez-vous à 11 h 30.

– Navrée... je...

Le ton du praticien se fait plus conciliant.

– Nous pouvons reporter si vous le souhaitez ?

– Je vous rappellerai...

Incapable d'en dire davantage, elle raccroche. Sa poitrine se soulève difficilement.

Il était là, je ne l'ai pas inventé...

Son ventre douloureux la tiraille tant qu'elle passe une main sous son chemisier. Le contact froid de ses doigts au niveau de son intestin la soulage un moment. Tandis qu'elle palpe sa peau, elle rencontre la longue ligne d'une cicatrice. La césarienne qu'on lui a faite lors de la naissance de son fils. Les yeux fermés, la jeune femme expire profondément avant de retirer sa main.

Tout à coup, une voix grave s'élève.

– Bonjour ! On nous a signalé une disparition d'enfant.

– Oui ! s'exclame-t-elle en ouvrant ses paupières humides.

Impassibles, les deux officiers de police se tournent vers Magali.

– C'est vous, la mère ? Comment s'appelle votre fils ?

– Léo Vernel. Il a 4 ans et porte un short bleu et un t-shirt blanc...

– Merci, madame. Thierry, tu restes à l'entrée ? Je vais couvrir le magasin...

Tandis que son collègue se dirige vers les portes automatiques, le policier passe les portiques et entre dans le magasin. Le cœur de Magali s'emballe une nouvelle fois.

Et s'ils ne le retrouvent pas ? Qu'est-ce que je vais dire à Jérôme ? À l'école ?

Elle imagine le visage jovial de son mari se ternir à l'annonce de la nouvelle. Il l'attire contre lui et elle respire son parfum iodé.

– Jérôme, est-ce que je suis une mauvaise mère ?

Sa gorge se serre à nouveau. Elle accroche ses mains au comptoir de l'accueil pour ne pas s'effondrer. L'attente lui paraît interminable.

Soudain, une voix l'interpelle. Magali la reconnaît à peine. Elle est plus grave, presque adulte. Un mot, deux syllabes qu'elle pensait ne plus jamais entendre. La boule au ventre, elle tourne la tête.

– Maman !

En face d'elle, un jeune homme tout sourire accourt en lui tendant les bras.

– Maman, tu m'as tellement manqué !

Derrière lui, l'officier de police renchérit :

– On l'a retrouvé, madame.

– Mais non... ce n'est pas...

– Maman, c'est moi ! C'est Léo. Tu ne me reconnais pas ?

Magali recule en dévisageant l'inconnu. Cette mâchoire, ce menton, ce fin duvet au-dessus de sa bouche ne lui disent rien. Mais ces yeux... Elle plonge dans le regard clair. Ses pupilles se dilatent sous l'évidence.

– Léo ?

Une larme coule sur sa joue.

Soudain, une voix féminine annonce :

– Je vais maintenant compter jusqu'à 10. À 1, vous remontez l'escalier qui vous conduit à la surface...

Le cœur de Magali s'emballe. Elle serre fort les mains de son fils devenu grand et se dirige vers la sortie du magasin. Il la retient.

– Maman, attends !

– Je dois partir, mon chéri. Mais je reviendrai...

La voix poursuit son décompte :

– À 5, vous sentez à nouveau vos doigts et vous pouvez les bouger.

Des flashs assaillent Magali. Elle peine à entendre les paroles de Léo :

– Tu promets de revenir me voir ?

– Oui... C'est promis.

Elle esquisse un sourire et reprend son chemin. Sa poitrine se serre.

– À 10, vous êtes complètement réveillée et de retour ici et maintenant.

Magali ouvre les yeux. Dans le fauteuil moelleux du cabinet d'hypnose, elle inspire profondément. Sa montre vibre. Il est 12 h 30.

La jeune femme assise en face d'elle s'enquiert :

– Comment vous sentez-vous ?

– Confuse... souffle Magali. Je n'arrive pas à m'y faire...

Les larmes affluent dans ses yeux rougis. La thérapeute lui tend un mouchoir qu'elle saisit en reniflant.

– Vous... vous pensez que j'arriverai à... à l'aimer à nouveau ?

– Cela va prendre du temps, mais vous y arriverez, madame Vernel. C'est quelque chose que de surmonter l'enlèvement de son enfant, mais c'est une nouvelle épreuve que de le retrouver des années plus tard, après l'avoir cru perdu à jamais. Laissez-vous du temps.

Le remède

« Vous verrez : avec notre solution de médication, vous serez remis en moins de deux ! »

La brochure serrée entre mes doigts, je marchais d'un pas rapide dans la rue déserte. Le commercial m'avait donné rendez-vous directement sur le site de production, établi dans une vieille zone industrielle. Au téléphone, cela m'avait étonné :

– Vous le proposez à tous vos clients ?

– Non, monsieur Lambert, mais vous me semblez sympathique. Et au vu de votre parcours, je souhaite vous offrir une dose directement sortie de nos lignes, la plus fraîche possible !

– C'est fort aimable...

Depuis l'annonce de mon médecin, spécialiste à l'hôpital de la Timone à Marseille, je ne dormais plus.

– Cancer des poumons.

– Merde... m'étais-je étranglé. Mais la science a fait des progrès maintenant... Vous ne me proposez pas de la chimio ?

– Malheureusement, le foie et le cœur sont déjà touchés. Ne vous leurrez pas. Profitez du temps qu'il vous reste pour vivre, être avec vos proches et mettre vos affaires en ordre. C'est tout ce que je peux vous conseiller, malheureusement.

J'avais passé les premiers jours à me morfondre. Je ne pouvais pas rejoindre la Mort. Pas maintenant. J'étais à l'apogée de ma carrière dans l'aéronautique, avec une femme fabuleuse et deux beaux enfants. J'avais tout pour être heureux. La vie ne pouvait pas m'en priver injustement.

Depuis mon plus jeune âge, j'avais eu une hygiène de vie irréprochable. Du sport trois fois par semaine, huit heures de sommeil toutes les nuits, je n'avais jamais fumé, jamais bu. Mes collègues s'en étaient toujours moqués, et avec le temps, je me demande si cela en valait vraiment le coup.

Un soir, alors que j'errais en ligne pour commander ma première bouteille de whisky, la plus chère, j'étais tombé sur un encart publicitaire :

« Cancer, maladie chronique ou incurable ? Vous pensez que c'est une fatalité ? Nous, non ! »

Intrigué, j'avais cliqué sans hésiter. Le site flambant neuf d'une société pharmaceutique avait défilé devant mes yeux écarquillés. J'étais passé très vite sur les offres alléchantes vantant les bienfaits des plantes contenues dans les traitements pour le stress et le surpoids, passant directement au traitement miraculeux.

Les témoignages ne tarissaient pas d'éloges à son sujet :

« "Après quelques semaines, j'ai pu remarcher !" Bernard, 56 ans, sclérose en plaques rémittente.

"J'aurais voulu que mon défunt mari connaisse cette solution avant que le cancer ne l'emporte..." Marianne, 85 ans, cancer du sang en rémission. »

En prétextant une soirée entre amis, je quittai mon domicile. Quelques instants plus tard, le bâtiment éclairé se dessina devant moi. Une usine plutôt petite à la façade neuve. Je plissai le front avant de me décider.

Leurs produits doivent vraiment être efficaces pour qu'ils puissent se permettre de travailler dans des locaux aussi récents...

Sans plus attendre, je m'approchai du porche comportant le mot « Accueil » et le franchis. Une odeur aseptisée d'hôpital m'assaillit. Puis les relents d'alcool prirent le dessus, me montant à la tête. Je n'avais pas visité beaucoup d'usines dans ma vie, mais cela me parut curieux.

Avant que j'élucubre une quelconque théorie, une sonnette retentit et une immense porte industrielle se leva. Un homme en costume, vêtu d'une blouse blanche et d'une charlotte, m'accueillit avec un large sourire.

– Monsieur Lambert ?

– Oui...

– Bienvenue chez Sarqen Biotech ! Vous avez trouvé facilement ?

J'acquiesçai. Il ajouta en échangeant une solide poignée de main avec moi :

– Parfait ! Alors nous pouvons démarrer la visite ! Suivez-moi !

D'un geste, il m'invita dans une petite pièce attenante. Le vestiaire était bien tenu, presque trop propre. Le commercial me tendit une paire de surchaussures ainsi qu'une blouse et une charlotte à positionner sur ma tête. Une fois tout mon équipement enfilé, je suivis mon hôte jusqu'à une nouvelle porte donnant sur la chaîne de production. Une vague d'aigres effluves entra dans mes narines.

– Excusez-moi, mais qu'est-ce qui sent comme ça ?

– Ah, ça, Monsieur Lambert, je ne peux pas vous le dire ! Mais vous le découvrirez très bientôt...

Son ton jovial, presque trop enjoué, ne me rassura pas. Je donnai le change en opinant légèrement alors qu'il accélérait le pas. Dans le long couloir que nous traversions, j'entendis comme des chuchotements. Des raclements de chaises. Quelques couinements. Mais avant que j'ose ouvrir la bouche, le vacarme des pistons et autres machines industrielles me coupa dans mon élan.

Nous arrivâmes dans une immense salle où les machines s'activaient à plein régime. Plus nous nous approchions des chariots élévateurs et des tapis roulants, plus l'odeur infecte se faisait forte.

Soudain, le commercial s'arrêta près d'un grand conteneur en forme d'entonnoir et se tourna vers moi. Son grand sourire semblait ineffaçable.

– Monsieur Lambert, vous vous trouvez devant un des silos de matière première ! C'est ici que nous introduisons la base utile à tous nos produits. Elle transite ensuite jusqu'au premier poste de transformation, là-bas.

J'observai la silhouette d'acier et le conduit à sa base, les yeux écarquillés.

– Vous devez en mettre des quantités là-dedans...

– En effet, rétorqua-t-il sans se départir de son expression joviale. Nous nous assurons de ne jamais manquer de notre ingrédient principal, sans quoi notre chaîne serait à l'arrêt !

Je hochai la tête, les narines dilatées. Il ajouta :

– Heureusement, cette denrée est très facile à trouver. Venez avec moi, nous allons poursuivre par ici.

Le second poste de mélange se composait d'un grand cube traversé par le tapis roulant couvert. Sans s'arrêter, le commercial parla plus fort, ignorant le vacarme ambiant :

– Dans cet incubateur, on intègre à notre base les actifs qui réagiront ensuite avec les cellules cancéreuses.

– Comment vous pouvez savoir si cela va bien agir ? Un seul produit pour tous les cancers, c'est impensable !

– Monsieur Lambert, notre service Recherche et Développement est à la pointe de la technologie et le plus performant du monde entier ! Plusieurs études ainsi que les avis de nos clients corroborent d'excellents résultats. Vous en doutez encore ? Pourtant, vous avez bien cliqué, vous aussi !

La répartie sans faille du commercial commençait à me taper sur le système. Ou peut-être était-ce l'émanation obsédante que je n'arrivais pas encore à identifier. Alors que je suivais mon guide vers une nouvelle étape du processus de fabrication du produit miracle, une part de moi refusait d'y croire. Si l'OMS et les établissements de recherche de tous les pays n'avaient pas réussi à éradiquer le cancer, comment une simple entreprise pharmaceutique avait-elle pu y parvenir ? Quelque chose clochait...

Le commercial me servit son baratin une nouvelle fois. Je l'écoutai d'une oreille seulement. Les vapeurs des machines me montaient doucement à la tête tandis que le vacarme achevait d'embuer mon cerveau. À quelques mètres derrière lui, je sentis ma vue se troubler et je m'arrêtai, penché, les mains sur mes genoux.

– S'il vous plaît... l'interpellai-je.

Bientôt, j'aperçus sa silhouette se précipiter vers moi.

– Monsieur, ça va ?

– Non... pas vraiment.

– OK, j'ai l'habitude, ne vous inquiétez pas. Venez, nous allons vous mettre au calme.

D'un geste assuré et bienveillant, il mit une main sous mon épaule et m'accompagna loin des cliquetis et des roulements métalliques de l'usine. Nous passâmes une première porte puis un sas, avant d'arriver dans une petite pièce. Là, il m'installa sur une chaise et s'adossa au large bureau face à moi.

Doucement, j'inspirai, profitant de l'air dépourvu de l'horrible parfum. Après quelques instants, je retrouvai enfin mes esprits. En levant la tête vers mon hôte, je raclai ma gorge sèche.

– Je suis désolé, mais je ne vais pas pouvoir continuer la visite...

– Ne vous en faites pas, vous avez vu l'essentiel. Je suis sûr que la dernière partie vous plaira davantage...

– La dernière partie ?

– La dégustation, évidemment ! s'exclama le commercial.

– Mais... ce n'était pas prévu... soufflai-je.

Il plongea son regard pétillant dans le mien.

– Monsieur Lambert, c'est dans notre intérêt que vous repartiez avec la conviction que notre produit est le meilleur du marché, autant pour son goût que pour son efficacité ! Alors, il me paraît tout à fait à propos de vous en proposer maintenant...

En faisant la moue, je haussai les épaules. Il avait raison, encore une fois, même si cela me coûtait de l'admettre. Je le suivis dans une pièce attenante. La décoration ne laissait pas de place au doute : c'était une salle utilisée pour la réception des clients, où tout était fait pour leur donner envie d'acheter. Sur les murs, de multiples portraits alignés en noir et blanc montraient des personnes de tous les âges, souriants et fiers. Certainement les clients remis de leurs maladies incurables ou de leurs cancers.

Silencieusement, je m'installai au comptoir que m'indiquait le commercial. À ma grande surprise, il sortit une liasse de documents. Je fronçai les sourcils.

– Qu'est-ce que c'est ?

– Un simple contrat de confidentialité. Comme vous allez goûter notre produit, nous souhaitons nous assurer que vous n'allez pas divulguer ce que vous avez vu ou senti durant la visite. Une formalité !

– Et si je ne le signe pas ?

La lueur dans son regard changea.

– Vous ne souhaitez pas aller au bout de l'aventure avec nous, monsieur Lambert ? Vous ne souhaitez pas... guérir ?

Je déglutis.

– OK... Je peux prendre le temps de le lire, tout de même ?

– Bien sûr ! Je prépare l'échantillon en attendant...

Il déposa un stylo sur le large rebord en bois sombre et actionna un bouton sur le mur. Le ronronnement étouffé d'un monte-plat résonna tandis que je parcourais les lignes de l'accord. Je ne m'y connaissais pas en droit, mais rien ne me semblait hors de propos.

Soudain, la sonnette du mécanisme retentit. Je paraphai les documents et signai d'une main fébrile. En relevant la tête, je croisai les yeux du commercial, qui avait une assiette couverte à la main. Fièrement, il la posa devant moi et déclara :

– Voilà, monsieur Lambert : l'aboutissement d'une décennie de travail acharné !

Dans un geste théâtral, il souleva le couvercle, dévoilant un amas de chair luisante et à peine fumante, agencée en un cercle parfait. Avant de me pincer les narines, je reconnus l'odeur perçue au cours de ma visite. Les yeux écarquillés, je fixai tour à tour mon hôte et le contenu de l'assiette.

– C'est... de la viande ?

– Mieux que ça, monsieur Lambert, répondit-il calmement. Ceci est un morceau de Clara. Clara travaillait chez nous quand nous avions encore du personnel pour gérer les machines. Aujourd'hui, comme tout est automatisé, nous avons proposé à nos employés qualifiés de faire partie intégrante de notre entreprise, sous la forme de notre produit de base. Ainsi, après avoir versé une coquette somme à sa famille, nous avons pu disposer du corps de notre chère Clara.

L'estomac retourné, je manquai de cracher un fond de bile sur le comptoir.

– Mais vous êtes malade ! Ce que vous faites est illégal !

– Pas du tout, monsieur Lambert. Tout a été validé par nos avocats. C'est parfaitement légal. Après tout, la médecine peut disposer de votre corps si vous l'y autorisez de votre vivant. C'est exactement la même chose.

– Vous délirez... insistai-je en secouant la tête. Jamais...

– Monsieur Lambert, j'adorerais vous expliquer notre façon de fonctionner au niveau juridique et à quel point notre affaire est solide. Mais nous sommes là pour que vous goûtiez. Alors, que décidez-vous ?

Le cœur battant, je blêmis et fixai mon assiette. Avec la lumière, je devinais presque mon reflet sur la surface lisse et brillante de ce qu'avait été Clara auparavant. Un nouveau relent de bile me força à avaler ma salive.

– Je... Non, je ne vais pas pouvoir. Plutôt mourir !

– Très bien. Dans ce cas, c'est effectivement ce qui vous attend. Mais pas de la façon que vous imaginiez.

Il me remit les documents devant les yeux.

– Qu'est-ce que vous insinuez ?

– L'accord stipule qu'en cas de retrait du programme, le particulier s'engage à faire partie intégrante dudit programme. En effet, nous ne pouvons pas nous permettre de vous laisser partir après tout ce que vous avez vu, monsieur Lambert. Vous le comprenez, n'est-ce pas ?

– Mais... vous avez perdu la tête ! éclatai-je. C'est de l'abus de pouvoir !

– Vous croyez qu'un remède qui guérit tous les cancers et toutes les maladies ne mérite pas des sacrifices ? Avez-vous vu un prix sur l'annonce ? Si c'est gratuit...

– ... c'est vous le produit... soufflai-je comme s'il s'agissait d'un mantra.

– Précisément ! Alors, que choisissez-vous ?

Le sang pulsait à mes tempes. J'étais coincé. Condamné à goûter, à avaler une partie d'un être humain. Quand la puanteur chatouilla à nouveau mes narines, j'imaginai un fromage. Du maroilles. Avec un peu de chance, ce morceau de chair n'avait pas le goût de son odeur. Je saisis la fourchette tendue par mon hôte en plissant les lèvres. Quand je piquai le bord de la forme ronde, un liquide rouge s'échappa de la matière spongieuse. Je poussai un soupir et fermai les yeux. Ma bouche se referma sur les dents de la fourchette. La chair se déposa sur ma langue et je mâchai. Je mastiquai longuement, noyant le morceau dans ma salive, qui en décomposait les tissus. Le goût légèrement salé m'étonna, et mes traits se détendirent.

Au bout d'un laps de temps qui me parut interminable, je finis par avaler. L'émanation auparavant envahissante s'en était allée, laissant place à un goût subtil et persillé. Je rouvris les paupières et le commercial me sourit.

– Bienvenue parmi nos clients, monsieur Lambert.

50 mètres

L'air emplit mes poumons. De retour sur le bateau affrété pour la journée, je laissai tomber mon masque et je déchaussai mes palmes à la hâte. Tremblant, je décrochai le combiné de la radio et je joignis les secours.

– Sécurité maritime de Brisbane, quelle est votre urgence ?

– Nous avons subi une attaque de requin.

– Combien y a-t-il de personnes avec vous, monsieur ?

La gorge serrée, je frémis puis répondis :

– Il ne reste que moi. Je n'ai pas pu le sauver...

Six mois après l'accident, les yeux fixés sur l'horizon, j'observe l'océan qui s'étend à perte de vue. À travers l'eau turquoise, les poissons colorés se déplacent sans bruit, effectuant leur curieux ballet aquatique. Nous sommes en novembre, et je m'apprête à réaliser mon plus grand rêve : plonger dans les eaux profondes du

Great Blue Hole[3]. J'aurais tellement aimé que mon frère soit là...

Toutes les conditions sont réunies. Le temps est en notre faveur, et avec mon groupe, nous sommes les premiers sur place. Quatre plongeurs chevronnés prêts à partir à l'assaut des profondeurs. Quand notre bateau s'arrête à quelques mètres de la barrière de corail donnant sur le néant, mon meilleur ami, Rodrigue, ne tient plus en place :

– Putain, les gars ! J'y crois pas ! On va le faire, c'est aujourd'hui !

– Je suis sûr qu'il y a des sirènes là-dessous ! ajoute Marvin derrière moi.

– 50 mètres et on remonte... je murmure, la mine grave. Après, vous pourrez vous vanter auprès de toutes les nanas de l'hôtel...

– Allez, Tim ! C'est ton moment... Essaye de profiter de l'instant !

Je hausse les épaules en baissant la tête. Après tout, ils ont raison : je devrais tourner la page. Mais la culpabilité s'accroche à moi comme une moule à son rocher. J'ai peur de ne pas savoir gérer mes émotions une fois de plus.

Tout à coup, la voix autoritaire de Sylvia me fait sursauter :

– Les garçons ! C'est le moment de vous préparer, je crois !

– Oui, Maman !

---

[3] Cénote (gouffre) sous-marin situé au large de la côte du Belize, en Amérique centrale.

Mes deux amis gloussent en passant à côté de moi. Sans la voir, j'imagine le visage de Sylvia, les yeux au ciel. Elle se plante devant moi, les deux mains sur mes épaules. Son parfum de tiaré me donne le tournis.

– Ça va aller ? murmure-t-elle.

– Il va bien falloir... Ce serait bête de rester au bateau, pas vrai ?

Elle acquiesce doucement avant de m'embrasser sur les lèvres.

– T'inquiète pas, tout ira bien.

Alors que mes compagnons sautent déjà dans la lagune turquoise, j'effectue les derniers réglages de mon équipement. Bientôt, l'eau chaude des Caraïbes caresse mes bras et nous nous dirigeons vers notre destination.

Devant nous, le grand gouffre se dévoile. Quelques poissons téméraires s'y aventurent également, nageant à nos côtés. Avant la grande descente, nous faisons une pause au bord de la roche sous-marine. Je sens déjà mon cœur s'emballer à l'idée de quitter les eaux tempérées. Sentant mon appréhension, Sylvia me frôle d'une main, et je relève la tête. Ses cheveux laissés libres lui donnent des airs de Gorgone antique. En me dévisageant, elle émet un léger bruit, son pouce et son index bien en évidence. J'acquiesce en lui retournant le signe attendu.

Paré pour la plongée...

Mes amis se retournent, et Rodrigue prend la tête du cortège. Autour de nous, l'eau claire devient rapidement plus sombre à mesure que nous nous enfonçons dans les profondeurs. J'allume la lampe de mon gilet et je me concentre sur ma respiration. Le son des bulles qui s'échappent de mon détendeur calme mon anxiété naissante.

Tout va bien : il n'y a pas de requins ici...

15 mètres.

Durant notre progression, je ralentis pour observer le mur calcaire. À travers les aspérités éparses de la roche, de multiples particules flottent, et quelques poissons se cachent parmi les coraux. Ils fuient à mon passage.

Pour eux, je suis un prédateur.

Tandis que mes tympans se contractent, une étrange sensation s'empare de moi. J'équilibre la pression en pinçant mon nez et en essayant de souffler doucement, avant de rattraper mon groupe. Mais mon inquiétude se renforce à mesure que nous nous enfonçons dans les eaux profondes. Quelques mètres plus bas, la vie se raréfie encore. Malgré moi, la pénombre et les ombres projetées sur la paroi mettent tous mes sens en alerte.

30 mètres.

Au-dessus de moi, la surface n'est plus qu'un minuscule trou d'à peine quelques centimètres. Fébrile, je continue ma descente à la suite du groupe. À cette profondeur, les parois sont de moins en moins visibles. Ma respiration s'accélère. Le faible faisceau lumineux pointe droit devant moi, inondant l'obscurité environnante. Je distingue à peine les ombres de mes amis à quelques mètres devant moi.

À 40 mètres, j'entends un gémissement, suivi d'un clignotement de lampe. Trois ou quatre mètres en dessous, Rodrigue pointe la roche calcaire. Je plisse les yeux, sans distinguer ce qu'il désigne avec insistance. À l'instar de Marvin et de Sylvia, je m'élance vers lui.

Quand nous arrivons à sa hauteur, il nous montre plusieurs renfoncements dans la paroi. Les excavations aux formes anguleuses et régulières ne ressemblent à rien de ce que j'ai déjà pu observer en plongée. Alors que je passe mes doigts dessus, j'écarquille les yeux : il y en a sur plusieurs dizaines de centimètres. Mon échine se raidit.

Et si nous n'étions pas seuls, ici ?

Les légendes fantastiques à propos de ce lieu me reviennent en mémoire. Certains racontent qu'au-delà des 124 mètres de profondeur, le cénote renferme quantité de grottes et de cavités inexplorées. Un frisson me parcourt.

Nul ne sait ce qui se cache dans les profondeurs...

Inconsciemment, je me surprends à fixer l'obscurité sous mes palmes avant de revenir aux étranges inscriptions. En parcourant les formes régulières du bout des doigts le long de la paroi, j'arrive rapidement à un trou aussi large que mon bras. J'y plonge mon poignet par mégarde, ce qui m'arrache un léger cri. Aussitôt, je retire ma main et inspecte mes doigts. Je soupire : mon index saigne, mais cela reste bénin.

Tout à coup, une énorme murène grise sort la tête de sa cachette. Ses globes oculaires transparents me fixent sans ciller. Toutes dents dehors, elle ondule sans peine jusqu'à moi. Terrifié, je nage à reculons en me tortillant tant bien que mal. Mais la bête n'en démord pas : elle me suit sur plusieurs mètres, ignorant complètement la présence de mes amis.

Calme-toi ! Je ne t'ai rien fait !

Dans ma fuite, je finis par heurter l'autre extrémité de la paroi. La roche griffe mes épaules et je grimace. Comme prévenu de l'impact, l'horrible serpent de mer bifurque vers le fond et disparaît dans le noir. Je reste un instant immobile en surveillant les profondeurs, le souffle court.

Puis la peur m'envahit à nouveau.

Où sont mes amis ?

La boule au ventre, je bats des palmes aussi vite que possible vers une faible lueur que j'imagine être une lampe. Deux colonnes de bulles me confirment la présence de mes compagnons. Rodrigue saisit mon gilet dès mon arrivée. À son regard horrifié et à ses gestes apeurés, je comprends que quelque chose ne va pas. La lumière de Marvin pointe vers les alentours. Ses mouvements saccadés m'inquiètent.

Et Sylvia ? Où est-elle ?

Je tourne sur moi-même, espérant croiser le faisceau de la lampe accrochée au gilet de ma fiancée. L'obscurité pesante me laisse imaginer le pire. Je regarde à nouveau vers le fond. Quelque chose l'a emportée, c'est évident. Mais quoi ?

Tandis que je me rapproche de mes compagnons pour essayer d'en savoir plus, plusieurs bulles remontent du fond. Tétanisé, je fixe le vide. Une nouvelle colonne de sphères d'oxygène parvient jusqu'à moi. J'écarquille les yeux.

Elle est en vie ! Il faut aller la chercher !

La peur comprime mes poumons, mais je bascule déjà en direction de la source d'air. Une nouvelle volée de bulles arrive jusqu'à nous. Je plisse les yeux, espérant tomber sur la lumière de Sylvia. Sans succès. Mon pouls s'accélère encore et je nage dans la direction indiquée.

Non ! Je ne peux pas la perdre, elle aussi ! Pas comme ça !

Le froid ralentit ma progression, et je m'arrête un instant. Je jette un œil vers la surface : mes compagnons sont restés plus haut. Perplexe, je souffle fort dans mon détendeur et reviens vers eux. À mon retour, Rodrigue lève son pouce en l'air. Je secoue la tête avec véhémence. Il insiste et dessine un cercle avec ses doigts tout en effectuant un bruit bref et répété à travers son appareil. Mes yeux s'écarquillent.

Tu veux utiliser le sonar du bateau pour la retrouver ? Il sera trop tard !

Je maintiens ma position en dirigeant mon pouce vers le bas, mais il nage déjà pour remonter. J'attrape sa cheville droite. Marvin se jette sur moi à son tour. Surpris, je lâche prise et me dégage de mon ami en tirant sur mon gilet. À peine s'est-il éloigné de moi qu'il disparaît dans les profondeurs. Le courant produit me secoue tandis que je hurle, les dents sur le caoutchouc. Ma poitrine se soulève à un rythme effréné malgré la pression.

Soudain, un tentacule gigantesque surgit du gouffre. Il passe à côté de moi et saisit la jambe de Rodrigue avant de l'entraîner vers le fond. Quand il arrive à ma hauteur, j'attrape ses mains de justesse. Je mords dans mon détendeur en agitant mes palmes, mais la créature nous entraîne tous les deux. Je perds du terrain. Mes doigts engourdis glissent et je lâche prise, abandonnant mon ami aux profondeurs. Son cri résonne plusieurs secondes dans l'obscurité avant de s'éteindre. Le cœur battant, les larmes au bord des yeux, je prends subitement conscience de la réalité. Je suis seul. Il ne reste plus que moi dans la noirceur abyssale.

Non, non !

Lentement, mon masque se remplit de mes propres fluides. Je ferme les yeux et tente d'arrêter l'inondation. Puis mon instinct de survie prend le dessus : la créature sous-marine est toujours dans les parages.

Je dois me barrer d'ici !

Je m'immobilise comme un astronaute lancé dans l'espace. Lentement, j'évalue mes options et consulte ma montre.

50 mètres.

À la recherche de la paroi rocheuse, je bouge à peine les bras et les jambes, puis sonde le néant autour de moi. Ce qui est tapi dans l'ombre me voit sûrement. Mais moi, je suis aveugle. Un instant, le faisceau lumineux de ma lampe faiblit. Je halète.

Non... pas maintenant !

Fort heureusement, quelques coups sur la coque étanche viennent à bout du dysfonctionnement, et je poursuis mes recherches. Bientôt, je pousse un soupir de soulagement. Mes mains glacées caressent la paroi et j'entame ma remontée. Au-dessus de moi, une couche épaisse de sable m'empêche de distinguer quoi que ce soit. J'en soulève un peu plus à mon passage. Je frissonne à chaque mouvement de jambe, appréhendant une nouvelle rencontre avec la créature gigantesque.

Avec une sensation amère de déjà-vu, je pense à mes amis disparus. Que penseront leurs familles en me voyant revenir vivant de l'expédition ? Ma gorge se serra.

J'ai fait tout ce que je pouvais... mais je ne faisais pas le poids.

Soudain, une voix lointaine s'élève.

– Tim... Tim !

Sylvia, c'est toi ?

– Tim... je suis là.

Mon cœur manque un battement. Je regarde autour de moi, à l'affût du moindre mouvement. Aucune bulle à l'horizon. En fronçant les sourcils, je vérifie mon manomètre, suspectant un défaut de pression ou une saturation en azote, mais l'aiguille est dans le vert.

Non... non ! C'est impossible ! Ce n'est pas elle.

J'inspire un bon coup et poursuis mon ascension vers la surface.

42 mètres.

La voix de ma fiancée reprend :

– Tim... viens me chercher...

Quoi que tu sois... va te faire foutre !

Je donne plusieurs coups de palmes puissants, en gérant tant bien que mal la pression dans mes oreilles. Je vois déjà les ténèbres s'estomper peu à peu au-dessus de moi.

Soudain, un grondement sourd retentit. Terrifié, j'ose un coup d'œil vers le fond et manque de m'étouffer dans mon masque : sous mes pieds, un œil gigantesque m'observe. La pupille se dilate progressivement, en suivant mes mouvements. Mon cœur bat à tout rompre. Immédiatement, je me mets à nager aussi vite que je peux en m'aidant de la paroi. Mais un tentacule enserre ma cheville droite et me tire vers le bas. En m'accrochant, je manque de me racler le crâne contre la roche. Je lutte, les doigts en sang. Le bras caoutchouteux comprime mon articulation de plus en plus fort. La douleur irradie dans ma jambe, me faisant grimacer. Une larme coule sur ma joue.

Lâche... moi !

Au-dessus, le cercle de lumière me nargue. Je serre les dents quand l'alarme de ma bouteille d'oxygène se manifeste. Il m'en reste 20 %. De nouvelles larmes glissent sur ma peau humide. Peu à peu, mes forces s'amenuisent. Dans un ultime effort, je me hisse à l'aide de la paroi. Mais la roche cède sous mon poids. Les mains tendues vers la surface, je crie en voyant le ciel s'éloigner.

La chasse

Mes doigts tremblaient. Mais malgré la panique qui me saisissait, je m'efforçais de faire bonne figure.

Tout le monde me regarde... Ce n'est pas le moment de flancher !

En effet, je n'avais pas le droit à l'erreur. J'avais été tirée au sort, c'était une chance inespérée pour moi de quitter la colonie. Depuis que j'avais l'âge de courir, je ne pensais qu'à cela.

Ce jour d'octobre, on m'avait conduite dans l'enceinte où se déroulait la Chasse. Et j'allais gagner.

Alors que je m'avançais vers la porte automatique encore close, le haut-parleur hurla :

– Bienvenue à tous pour cette soirée exceptionnelle ! Ce soir, une nouvelle entre dans l'arène. Il s'agit de Mélissa !

Ma photo s'afficha sur l'écran géant au-dessus de ma tête. J'arborais un visage souriant, et je me reconnaissais à peine. La voix du présentateur reprit :

—Je vous rappelle que si Mélissa ne réussit pas l'Épreuve, nos cinq jeunes hommes s'occuperont bien d'elle... Ils sont prêts !

La caméra zooma sur les jeunes athlètes alignés. Au passage de l'objectif, je sentis leurs yeux perçants braqués sur moi, prêts à en découdre. Comme tous les téléspectateurs, j'avais eu le malheur de voir ce qu'ils avaient fait subir à la candidate précédente...

Et il était hors de question que je subisse le même sort.

Soudain, le compte à rebours se lança. Enfin, la porte s'ouvrit et je me précipitai à travers le couloir insalubre. La pièce dans laquelle j'entrai était jonchée de tables et de chaises renversées. Avec méthode, j'analysai le parcours et pris appui sur les arêtes et les pentes des meubles sans toucher le sol. Plus j'avançais, plus l'écart entre les plateformes se creusait, mais je réussis chaque saut avec brio. Jusqu'à ce que j'évalue la distance me séparant de la sortie.

Deux mètres.

Je déglutis en reculant, puis m'élançai. Un cri s'échappa de mes lèvres. Finalement, je rejoignis l'autre côté et m'étalai de tout mon long, mes jambes au-dessus du vide. Soulagée, je me redressai et soufflai un bon coup avant de lever la tête vers le décompte.

Plus que 30 secondes avant qu'ils ne se lancent à ma poursuite...

Il me restait quatre pièces à franchir, c'était ambitieux. Je respirai profondément et me remis à courir pour atteindre la deuxième salle. L'endroit ressemblait étrangement à mon ancien établissement scolaire.

L'odeur de rance emplit mes narines. Je m'efforçai de respirer par la bouche pour garder le rythme. L'espace démesuré entre les plateformes m'obligeait à redoubler de vigilance et d'ingéniosité. Dans ma poitrine, mon cœur battait à tout rompre.

Plus que 20 secondes...

Au milieu de la pièce, je me surpris à regarder par une des grandes fenêtres. Au-dehors, le décor mouvant des arbres paraissait si réel.

En sortant d'ici, c'est ce que je retrouverai : la nature. La vraie !

Je ne l'avais vue que dans mes rêves. Mais les parents disaient qu'elle existait vraiment. Je devais à tout prix quitter cet endroit. Je devais quitter le Bloc !

Quand je franchis enfin le troisième seuil, je ralentis légèrement. Ma gorge asséchée et mes muscles me faisaient atrocement souffrir. Tout à coup, la sirène hurla. Je sursautai.

Les chiens sont lâchés...

Mon cœur menaçait d'exploser dans ma poitrine. Pour ne rien arranger, la salle suivante était remplie d'eau, et les plateformes mouvantes freinèrent ma progression. Au-dessus du clapotis, des coups et des bruits inquiétants m'indiquaient le rapprochement de mes adversaires.

Ils ne m'attraperont pas, ils ne doivent pas...

Dans mon crâne, les hurlements de douleur et les suppliques de ma prédécesseuse résonnaient sans discontinuer.

Trempée, je me hissai sur l'avant de la dernière plateforme.

Les sens aux aguets, j'appréhendais ce que je trouverais en entrant dans la nouvelle salle.

M'attendent-ils ?

Un curieux silence régnait. Mes frissons reprirent de plus belle. Puis ma main effleura le bois rugueux de la porte. La quatrième pièce était inondée, elle aussi. Mais pas d'hommes à l'horizon. Je poussai un léger soupir de soulagement tout en observant un hypothétique chemin. Une moue déterminée réapparut sur mon visage tandis que je posais le pied sur la surface instable d'une table.

Soudain, un coup violent se fit entendre à travers l'une des ouvertures.

– Eh, les gars ! Venez m'aider !

La voix fluette mais assurée me surprit, et je m'arrêtai un instant. Mon instinct intervint.

Non, tu ne dois pas t'arrêter !

Mais les coups répétés sur le chambranle me crispèrent davantage. Bientôt, les gonds cédèrent, provoquant un déferlement. L'eau se retirait, entraînant les meubles et moi avec. Par réflexe, je criai. Des rires retentirent.

– Elle est là, les gars ! Préparez-vous à la cueillir !

J'eus la nausée en me rattrapant au rebord salvateur d'une armoire. In extremis, mes bras me hissèrent sur le meuble ancien, et je rampai jusqu'au couloir suivant.

Seules trois filles étaient allées aussi loin.

Le souffle court, je sentais mes forces me quitter. J'étais certaine que mes bourreaux m'attendraient sagement juste avant la ligne d'arrivée. Malgré moi, je les imaginais déjà m'attraper. Et quand ils me passeraient dessus chacun leur tour devant les caméras, je ne penserais qu'à mon échec et à la nature qui m'échapperait.

Le panneau glissa et la pièce immense se présenta devant mes yeux écarquillés. Deux fois plus grande que les précédentes, elle était en revanche plus basse de plafond. Sur le mur du fond, un bouton scintillant annonçait la fin de mon calvaire et ma libération.

Je ne peux plus reculer. Je dois le faire !

Animée d'un nouvel espoir, je me courbai et franchis le premier obstacle. C'est alors qu'une vitre vola en éclats. Le sourire carnassier d'un de mes assaillants apparut, et il me dévora du regard.

– Te voilà enfin !

D'un bond, il s'élança à ma poursuite. Par chance, ma cheville lui échappa de justesse. En équilibre sur un empilement de bureaux, je ne le quittais pas des yeux. Tel un requin affamé, il tournait en rond autour de la structure précaire, prêt à attaquer.

– Allez, ma belle... ne reste pas là-haut. Viens, on va bien s'amuser...

Je secouai la tête sans dire un mot.

Devant moi, la passerelle branlante menant à mon salut me tendait les bras. Je serrai les dents tandis que mon assaillant s'impatientait :

– Tu ferais mieux de te rendre, tu sais. Ce n'est pas raisonnable... Et puis, il y a de fortes chances que tu te fracasses au sol... Entière ou non, l'issue sera la même...

Une vision d'horreur me foudroya. Imaginer leurs mains baladeuses assiéger mon corps fracturé me donna encore plus la nausée.

Je secouai la tête frénétiquement.

– Non... Jamais vous ne m'aurez !

– Mais c'est qu'elle parle ! gloussa l'homme au sol. Allez, chérie, c'est bien beau de rêver, mais regarde la vérité en face : tu ne franchiras jamais cette salle...

Quand sa voix mourut au bord de ses lèvres, le reste du groupe déboula dans la pièce. Quatre autres squales s'agglutinèrent sous ma plateforme en équilibre précaire.

– La voilà ! s'exclama un des nouveaux venus.

– Elle est encore plus appétissante vue d'en bas... Regardez-moi ce petit cul musclé !

– Ce que je préfère, c'est quand elles transpirent : ça glisse tout seul... renchérit un autre.

À leurs paroles, une boule se forma dans ma gorge. Je sentis la bile monter dans mon œsophage, et mes membres se paralysèrent progressivement. En déglutissant, je fermai les yeux quelques secondes. La dernière porte de la pièce se matérialisa dans mon esprit.

Je ne peux pas échouer. Pas maintenant.

Malgré les huées de mes prédateurs, j'ouvris les paupières. Un nouvel élan de détermination parcourut mes veines. Les muscles bandés, je reculai jusqu'au bord de la plateforme sans perdre l'équilibre. Curieusement, le silence tomba avant que le premier homme à m'avoir trouvée ne lance :

– Préparez-vous, les gars ! Il faut la choper avant qu'elle ne se fasse trop mal...

Leurs cris de liesse redoublèrent, me faisant ciller un instant. Puis je serrai les mâchoires en expirant par le nez. D'un mouvement vif, je m'élançai. Sous mes pieds, la structure résista à ma poussée. Je courus jusqu'au bord en regardant droit devant moi. La lumière aveuglante de la sortie m'éblouissait. Une grimace tordit mon visage humide, et je criai de rage sans m'arrêter.

– Ha !

Les bras tendus vers ma cible, je sautai dans le vide. Mes yeux écarquillés lâchèrent quelques larmes. Enfin, mes doigts s'accrochèrent à la surface rugueuse de la passerelle. Surprise, je haletai. Mes poignets me faisaient extrêmement mal, mais je pensais déjà à la fin de mon calvaire. Un sourire franc barra mon visage tandis que je me hissais de toutes mes forces.

Soudain, une douleur effroyable s'empara de ma cheville droite. Mes doigts glissèrent, m'obligeant à lâcher le rebord d'une main. Terrorisée, je jetai un œil vers le bas : un de mes assaillants me tenait fermement le pied. Son visage victorieux s'anima d'un rictus affamé. Au coin de ses lèvres, un filet de bave pendait. Le regard fou, il se lécha les babines en tendant un bras vers ma cuisse.

– Il n'est pas encore trop tard pour lâcher, ma belle ! Si tu te rends, je te promets d'être plus cool avec toi...

– Non ! Laissez-moi tranquille ! hurlai-je.

– Ça, c'est hors de question, ma chérie ! Moi aussi, j'ai un dû à aller chercher... Et mon dû, c'est toi !

De dégoût, je lui crachai à la figure. Son expression joviale se mua tout à coup en vision d'horreur.

– Viens là, petite garce ! Je vais t'apprendre à me cracher à la gueule !

Avec force, il m'agrippa la cuisse, m'arrachant un cri de douleur. Consciente que je ne pourrais pas grimper davantage avec ce poids supplémentaire, je me balançai tout en freinant sa progression avec mon autre jambe. Mes phalanges commençaient à flancher, et je constatai avec horreur qu'elles glissaient dangereusement. Redoublant d'efforts, je me débattis de plus belle.

Brusquement, le tissu de ma jupe craqua et mon assaillant chuta. Son cri emplit la pièce, sous les hurlements du reste du groupe. J'entendis un bruit sourd puis des gémissements. Il n'était pas mort. Mon instinct reprit le dessus et je me hissai finalement, une jambe après l'autre. À quatre pattes sur la passerelle, je pris quelques instants pour souffler. Les larmes et la sueur se mêlaient sur mon visage avant de couler à grosses gouttes sur le sol grumeleux.

Je l'ai fait ! Je l'ai fait !

À moitié nue, je me redressai. Derrière moi, les sifflements de mes adversaires montèrent jusqu'à mes oreilles.

– Hé, p'tit cul ! Reviens par ici !

– Tu nous le paieras, sale traînée !

Les bras serrés contre ma poitrine, j'essuyai mes larmes et avançai jusqu'à l'arche lumineuse.

Aveuglée, je plissai les yeux. Autour de moi, la pièce blanche semblait s'étendre à perte de vue. Mon cœur tambourinait de nouveau dans ma poitrine.

Et maintenant, quoi ? C'est un piège ?

Plus j'avançais, plus le doute prenait possession de mon esprit. Ma voix faible brisa le silence :

– Hé ho ! Il y a quelqu'un ?

Pas de réponse. Après quelques secondes, j'insistai :

– J'ai gagné ?

Brusquement, la lumière s'éteignit, me plongeant dans le noir complet. Je tendis les mains devant moi et puisai dans mes dernières forces pour avancer. Un ricanement glaçant résonna derrière moi.

– Petite sotte ! Tu pensais vraiment que ce jeu te permettrait de quitter ces lieux ?

– Pardon ? m'étranglai-je.

Des pas se rapprochèrent. Instinctivement, je me recroquevillai tout en reculant. Je pouvais presque sentir le souffle de mon interlocuteur.

– À ton avis... que sont devenues toutes les femmes qui ont gagné avant toi ?

Un frisson d'horreur emplit mon ventre. Les visages de mes idoles traversèrent mon esprit, une à une.

– Non... Vous mentez !

– C'est drôle, elles disent toutes ça...

Un claquement de doigts accompagna mes sanglots. Puis j'entendis à nouveau les éclats de voix de mes assaillants.

– Tu comprends, Mélissa, le public veut du divertissement, du sensationnel ! Mais certains attendent un contenu plus... exclusif. Et ils sont prêts à payer cher pour cela.

La lumière revint. Tout autour de moi, les quatre hommes restants me fixaient de leurs prunelles avides.

Anéantie, je me débattis à peine quand ils m'empoignèrent par la taille et les cheveux. Ils m'installèrent sur un vieux matelas poisseux dont les ressorts grinçaient et rentraient dans ma chair. Mes liens en place, je vis l'un de mes assaillants faire un signe à quelqu'un derrière moi.

– Que le spectacle commence !

Des dizaines de projecteurs se braquèrent sur moi et j'entendis des applaudissements lointains quand le leader du groupe fondit sur moi, un couteau à la main.

– Non !

Soudain, j'ouvris les yeux. Mon cri résonnait encore dans mes oreilles, comme une vibration diffuse. Autour de moi, la petite pièce de l'institut spécialisé dans l'étude des rêves s'illumina doucement, et une femme en blouse blanche franchit la porte.

– Eh bien, Mélissa ! C'était plutôt intense... Comment te sens-tu ?

– Ça va...

– Prends le temps qu'il te faut. Je vais te déséquiper.

Tandis qu'elle retirait les capteurs collés à mon crâne et à ma poitrine, je serrai les draps de mes mains moites.

– Vous pensez que ça pourra aider quelqu'un ? murmurai-je.

– J'en suis convaincue ! Ton cauchemar fera une parfaite mise en situation pour nos patientes !

J'esquissai un sourire en me redressant.

– Au moins, je n'aurai pas vécu tout ça en vain...

Backrooms[4]

« Bonjour, docteur Ruiz ! Heureux de vous revoir au Complexe ! »

– *¡Cállate!* Saleté d'IA de merde…

En rangeant son badge, Javier parcourut l'antichambre de la zone restreinte à grandes enjambées et passa le seuil. L'immense porte grise blindée donnait à présent sur un open space de taille moyenne, construit il y avait peu. À travers la large vitre, l'enchevêtrement de murs jaunes s'étendait à perte de vue. Dans le bureau quasi désert, le scientifique se frotta le menton.

– Il y a du nouveau ?

– Non... répondit son collègue en blouse blanche. Elle est passée dans le secteur D15, au-delà de la zone explorée. Aucun mouvement de caméra depuis.

---

[4] Lieux artificiels à l'esthétique liminale constituant des mondes parallèles qui peuvent communiquer avec la réalité. Légende urbaine des domaines du fantastique et de l'horreur née en 2019 sur internet.

Javier fourra ses mains dans sa tignasse brune et serra les dents.

– Rob, je dois y aller.

– Mais c'est de la folie furieuse ! On ne sait même pas ce qu'il y a là-bas !

– Robert, elle n'a que 7 ans ! 7 ans ! Il est hors de question que je reste ici sans rien faire alors que ma fille se perd dans ces couloirs !

Sans attendre, il ouvrit un placard et saisit une combinaison d'exploration. La matière caoutchouteuse jaune vif couinait entre ses mains moites. Il se retourna, laissant son collègue tirer la fermeture.

– Test micro, 1, 2. 1, 2, tu me reçois ?

– C'est bon, soupira Robert. Tu peux y aller. Fais attention...

Mais Javier avait déjà quitté la pièce. Suivant le ruban adhésif noir au sol comme un fil d'Ariane, il s'engouffra dans le labyrinthe des Backrooms à vive allure.

– Paola ! Paola, où es-tu, ma chérie ?

Sans réponse, il railla la maîtresse de sa fille entre ses dents.

– Quelle idée de faire une journée « Au travail avec Papa/Maman »... Encore une excuse pour sauter un jour de classe !

Quand il l'avait contactée, elle n'avait rien voulu savoir.

– Pourquoi vous ne confiez pas Paola à sa mère ?

– Elle sera en plein océan Pacifique à ce moment-là. Elle est hôtesse de l'air.

L'enseignante avait perdu son ton jovial.

– Dans ce cas, vous allez devoir la prendre avec vous, monsieur Ruiz.

– Madame Leigh, je crois que vous ne saisissez pas : je travaille sur un projet particulièrement dangereux et...

– Écoutez, il est important pour le développement des enfants qu'ils voient le monde du travail des adultes. C'est un moment d'apprentissage différent de la classe et également une journée de complicité avec vous. Vous avez pensé à elle ? Tous les autres élèves auront des choses à raconter. Ce serait dommage pour Paola.

En réajustant son chignon, elle avait ajouté :

– Je suis certaine que vous prendrez toutes les précautions nécessaires. Vous êtes son père après tout !

Sans quitter la bande noire des yeux, il secoua la tête.

Je t'en foutrais des précautions nécessaires, moi ! J'allais pas l'attacher comme un vulgaire clébard !

Il avait suffi d'un moment d'inattention pour que la petite fille se faufile à travers la porte et s'engouffre dans le dédale de couloirs.

J'aurais dû faire plus attention...

Essoufflé, Javier dépassa la caméra C13. À 500 mètres devant lui, le rouleau de ruban noir trônait au sol. Il arrivait au bout du périmètre exploré. Après, il n'aurait plus aucun repère.

Comme une menace, le son vibrant des néons s'amplifiait à mesure qu'il avançait en direction du secteur D15. Javier reprit son souffle entre deux foulées.

– Paola !

Toujours aucune réponse. D'un œil soucieux, le père inspecta les alentours. La voix de son collègue grésilla dans son oreille.

– Tu vois quelque chose ?

– Non. Il faudrait que j'aille un peu plus loin, derrière le pan de ce mur...

Il pointa du doigt la surface à quelques mètres de la caméra. Rob soupira.

– Si tu vas au-delà de cet embranchement, je ne garantis pas ton retour...

– Dans ce cas, tu ne peux pas appeler le service de sécurité et lancer une expédition exceptionnelle ?

– Javier, on sera obligés de faire un rapport... Je ne suis pas certain que les grands patrons et les actionnaires apprécient qu'une gamine se soit perdue dans une infrastructure classée secret-défense... Bon sang, pense à ta carrière !

Javier plissa les lèvres. Son ventre se crispa.

– Rob, tu fais chier...

– Désolé, mec... Je...

– Non, je t'en prie, ferme-la ! Puisque je ne peux pas compter sur d'éventuels renforts, aide-moi au moins à ne pas me paumer ! Je vais allumer mon traceur et ma caméra. Tu n'auras qu'à cartographier les lieux en temps réel sur G-Async.

Il y eut un court silence, puis son collègue acquiesça.

– OK... J'espère juste que nous n'allons pas perdre la connexion comme la dernière fois...

Le père ignora la remarque et appuya sur le petit boîtier accroché à sa poche de combinaison. Le bip sonore lui provoqua un léger sursaut. Il expira bruyamment.

– Bon... j'y vais.

Alors qu'il dépassait l'énorme rouleau adhésif, l'écho de sa respiration le mit mal à l'aise. Le visage souriant de Paola se manifesta dans son esprit.

Je vais te sortir d'ici...

D'un pas déterminé, Javier choisit arbitrairement le premier couloir qui se présentait à lui. Les espaces vides au papier jaunâtre défilaient, les uns après les autres. Peu importe la direction, il ne distinguait aucune limite. Aucune fin. Sa gorge se serra.

– Elle doit bien être quelque part...

Son oreillette grésilla.

– Je l'espère pour toi... souffla Robert.

Tandis qu'il poursuivait sa route au hasard des embranchements, Javier avait la désagréable sensation d'être suivi. Les sourcils froncés, il augmenta ses foulées, espérant croiser la fillette à chaque croisement. En vain.

Au détour de son chemin, il arriva dans une grande pièce. Au centre, plusieurs chaises vides étaient disposées en cercle. Intrigué, Javier murmura :

– Rob, tu vois ce que je vois ?

La voix hachée de son collègue résonna dans son oreillette.

– Ce n'est pas très net, mais oui.

– Il y a forcément eu d'autres personnes avant nous, n'est-ce pas ?

– Honnêtement... je n'en sais rien. Ce lieu est si mystérieux... Presque... vivant. Il pourrait très bien avoir créé cet agencement de meubles tout seul.

Javier serra les mâchoires un instant, puis reprit ses recherches dans une autre direction. Il appela encore sa fille, mais seul le silence lui répondit.

Après quelques minutes, il se retrouva à nouveau face au cercle de chaises. Son visage se tordit dans une grimace horrible.

– *¡Santa mierda!* Rob, je tourne en rond !

– Non, pas du tout... Le tracé sur mon écran est différent.

Les yeux au ciel, Javier se mit à courir dans un couloir sur sa droite.

– Laisse tomber... soupira-t-il.

Au bout de quelques mètres, il avait déjà les genoux en miettes. Puisant dans ses dernières forces, il tourna la tête vers le faux plafond.

Faites que je ne devienne pas fou...

Sur ses joues brûlantes, quelques larmes coulèrent. Il les essuya en reniflant avant de s'arrêter, une main apposée au mur. Il reprit son souffle.

– Javier... murmura Robert, tu devrais rentrer.

– Hors de question ! Je n'ai pas fait tout ce chemin pour rien !

– Si tu ne l'as pas encore trouvée, c'est qu'elle est allée plus loin. Tu en as déjà fait suffisamment pour aujourd'hui... On reprendra les recherches demain, d'accord ?

Accablé, le père ne répondit pas.

Il a raison... Mais si elle était perdue pour toujours ?

Ses sanglots reprirent. Il ferma les paupières pour les contenir, tant bien que mal.

– Allez... reviens.

Javier se redressa et fit demi-tour.

Soudain, un bruit strident brisa le silence. Les yeux écarquillés, le père se retourna.

– Tu as entendu ça ? souffla-t-il.

– Quoi donc ?

Le sifflement reprit.

– On aurait dit un cri.

– Javier, non ! Je ne sais pas ce que tu as entendu, mais ce n'est sûrement pas elle.

– Comment tu peux le savoir ? Je dois vérifier !

Ignorant les avertissements de son confrère, il accéléra sa foulée malgré ses jambes endolories. La complainte déchira l'air une nouvelle fois. Un élan d'espoir anima le scientifique.

– Paola ? C'est toi ?

En guise de réponse, le cri se fit plus fort. Javier suivit la source jusqu'à déboucher dans un large hall. Au sol, un corps en décomposition gisait. Le père se figea.

– Merde ! Paola !

La boule au ventre, il accourut avant de se raviser. Les membres, ou ce qu'il en restait, étaient trop grands pour un enfant de 7 ans. À côté du cadavre, Javier souffla un grand coup, les mains sur ses genoux.

– Tu l'as trouvée ? demanda Robert.

– Non... Ce n'est pas elle...

– On dirait que c'est quelqu'un de chez nous : il y a des bouts de combinaison autour de ses membres inférieurs.

Javier déglutit. Malgré la boue noirâtre recouvrant la carcasse éventrée, quelques restes de vêtements mélangés à la chair persistaient.

– Tu penses que ça pourrait être Tadao ?

– Possible, murmura Rob. On ne le saura qu'en rapatriant le corps. Je note l'emplacement...

– Note aussi que la combinaison n'a pas suffi, contrairement à ce qu'on pensait, ajouta Javier en observant le malheureux.

Couvertes de la matière visqueuse, ses paupières étaient toujours ouvertes. Une expression d'horreur subsistait sur son visage figé, à moitié mangé par la bouillie noire. Dégoûté, le père de famille se redressa et remarqua des traces éparses au sol. Celles-ci disparaissaient dans un interstice étroit.

– Je vais suivre cette piste.

– Tu es sûr ? T'exposer à la bactérie et finir comme Tadao, c'est ça que tu veux ?

– J'ai entendu ma fille crier, Robert ! Si elle est aux prises avec ce monstre, je dois la sauver !

N'écoutant que son courage, Javier se faufila dans l'espace réduit. Après quelques mètres, l'espace s'élargit. Les traces de boue sur la moquette formaient maintenant une traînée nette et grossière. Le buste crispé, le scientifique continuait d'avancer.

Progressivement, la luminosité diminua. Javier activa la lampe de sa combinaison et frissonna : plus loin, le sol était à peine visible sous l'épaisse couche sombre. Dans le silence complet, il se déplaçait à petits pas en évitant la pâte noirâtre. Ici, même le grésillement des néons avait disparu.

Au détour d'un couloir, il distingua une lumière verte. Le bloc « EXIT » le fit sourire. Il suivit la flèche, puis la direction indiquée par les autres blocs. Après le dixième panneau lumineux, Javier s'arrêta et secoua la tête.

Il y a une sortie ou... ?

Soudain, des gémissements retentirent. Le scientifique hésita un instant avant de lâcher :

– Paola ?

Un cri strident et un faible flash lumineux attirèrent son regard vers un nouveau panneau vert. Les yeux écarquillés, Javier accourut. Quand il approcha, une odeur pestilentielle lui piqua les narines. Une odeur de mort. Il frissonna.

– Paola !

Au milieu de la pièce éclairée malgré un néon défectueux, la fillette était recroquevillée sur elle-même. En entendant son nom, elle se redressa et tendit les bras vers son père. D'une voix étouffée par les sanglots, elle gémit :

– Papa...

– *¡Cariñita!* s'exclama-t-il en la prenant dans ses bras. J'ai eu tellement peur... Tu n'as rien ?

Il inspecta d'un coup d'œil les vêtements de sa fille. Aucune trace noire. Soulagé, il la serra davantage contre lui. Son petit cœur battait à tout rompre.

– Papa... il faut partir... Il va revenir !

– Qui ? Qui va revenir ?

– L'homme bâton !

Les sourcils froncés, Javier resta perplexe.

– Allez, viens, on rentre... Robert va nous sortir de...

Sa voix mourut dans sa gorge. À quelques mètres, une étrange créature filiforme au corps d'acier leur barrait la route. Ses membres étaient constitués de câbles, de tuyaux et d'éléments métalliques, le tout tenant ensemble sans réelle logique. Devant sa taille imposante, Javier déglutit.

– Robert... tu m'entends ?

Le grésillement du micro lui vrilla les tympans. Alerté par le bruit, le monstre s'approcha en agitant ses membres et en hurlant comme un animal qu'on égorge. Paola cria à son tour, obligeant son père à lui couvrir la bouche.

– *¡Qué mierda!* jura-t-il avant de détaler comme un lapin avec sa fille dans les bras.

Aussitôt, l'homme bâton se lança à leurs trousses. Haletant, Javier vociférait dans son casque :

– Robert ! Réponds-moi, bon sang !

Le larsen provoqué par ses appels répétés s'intensifiait à mesure que la créature se rapprochait. Ils perdaient du terrain.

Au détour d'un couloir, la lumière revint peu à peu. Mais ils stoppèrent net : la pièce était jonchée de larges cavités. Javier se pencha avec précaution en resserrant sa prise sur sa fille. Il n'en distinguait pas le fond.

– Je ne suis pas sûr que...

– Papa, il arrive ! Il arrive !

L'agitation de Paola déséquilibra son père et ils chutèrent dans le puits en criant.

Javier sursauta et ouvrit les yeux, avant de pousser un soupir de soulagement.

– OK… Ce n'était qu'un cauchemar…

Installé au volant de sa voiture garée le long d'un trottoir, il reconnut la grille verte de l'école de sa fille. Une foule de parents se pressaient déjà devant. Bientôt, la frimousse de Paola apparut. Tout sourire, elle traversa la rue avec précaution et courut jusqu'au véhicule. Javier déverrouilla les portières et elle prit place sur la banquette arrière.

– Coucou, Papa !

– Bonsoir, ma chérie… Ça a été aujourd'hui ?

– Oui ! Mme Leigh nous a rendu le contrôle de maths : j'ai eu tout bon !

– Super ! s'extasia son père en s'insérant dans le trafic. On va fêter ça avec une bonne glace ! Tu as beaucoup de devoirs à faire pour la semaine prochaine ?

– Non. Mme Leigh veut qu'on se concentre sur notre journée d'observation pour l'exposé.

– Journée d'observation ?

La fillette soupira.

– Papa, tu as déjà oublié ? Lundi, je viens avec toi au travail !

Quelqu'un de confiance

Arnaud appuya sur la sonnette des Harrison. Quelques secondes plus tard, la porte s'ouvrit sur une jeune femme en robe noire.

– Ah, Arnaud ! s'exclama-t-elle. Te voilà ! Merci de nous dépanner au dernier moment !

– C'est bien normal, madame Harrison.

Elle s'écarta pour le laisser passer. Son mari arriva peu après et tendit la main au garçon. Celui-ci la serra avec assurance.

– Alors, ces études de menuiserie ?

– Ça me plaît beaucoup et je me débrouille bien !

– J'ai toujours dit à ton père que tu irais loin !

L'adolescent opina en remerciant le père de famille.

Soudain, des rires résonnèrent en haut des escaliers. Deux petites filles dévalèrent les marches et se plantèrent dans les jambes du jeune homme en criant :

– Nono !

– Tu vas nous lire une histoire, dis ?

La mère les tempéra d'un geste de la main :

– Doucement, les filles ! Vous devez d'abord vous brosser les dents, vous vous souvenez ?

Tout en caressant les petites têtes blondes, le jeune homme rassura la mère :

– Soyez sans crainte, madame Harrison, ce sera fait.

– Venez, ma chère, murmura le mari. Elles sont entre de bonnes mains.

La mère acquiesça en les regardant et prit son manteau sur le portant.

– Très bien… Soyez sages, les filles, d'accord ?

– Oui, Maman ! hurlèrent-elles en chœur.

Bientôt, la porte claqua derrière le couple et Arnaud se retrouva seul avec les deux sœurs.

Il leur adressa un regard espiègle.

– Alors, vous voulez faire quoi avant de vous coucher ?

– Regarder un dessin animé ! cria Léna du haut de ses 4 ans.

– Non ! protesta Dory en remontant ses lunettes sur son nez. Moi, je veux jouer à un jeu de société !

Leur baby-sitter haussa un sourcil.

– Et pourquoi pas un puzzle ou un livre d'aventure à choix multiples ? D'ailleurs, j'en ai amené un nouveau…

– Oh, oui ! Montre, montre !

– D'accord, mais avant, vous vous brossez les dents !

Les deux fillettes remontèrent les marches en riant. Arnaud ajouta :

– Et vous vous mettez en pyjama aussi !

– Oui, oui !

Une fois les petites à l'étage, Arnaud retira ses baskets et s'assura que la porte d'entrée était bien fermée. Avec un hochement de tête satisfait, il caressa la poignée blanche un instant. Il attendait ce moment depuis bientôt un an. Un an à travailler ici au contact des petites. Il aurait bientôt sa récompense. Après avoir pris toutes les précautions nécessaires.

En imaginant la scène, l'adolescent se racla la gorge, vérifia ses poches et monta à son tour. Au fond du couloir, à gauche de l'escalier, leurs éclats de voix résonnaient dans la salle de bains. Quand il poussa la porte, il croisa le regard amusé des deux sœurs sur leurs tabourets respectifs, la bouche pleine de dentifrice.

– Vous vous êtes déjà changées ?

Dory mima une courbette, la tête penchée. Un pincement au cœur, Arnaud renchérit :

– Bon... frottez bien, j'inspecte les dents juste après !

– N'importe quoi ! s'exclama Léna. Tu ne fais pas partie de la police des dents...

Les yeux écarquillés, il hocha la tête.

– Oh que si !

La fillette s'esclaffa en projetant le contenu de sa bouche sur le miroir.

Les laissant à leur affaire, il ferma la porte et s'empressa d'entrer dans la chambre de Léna. La déco rose bonbon, paillettes et licornes l'amusaient, mais il n'avait pas le temps de s'y attarder. Il n'avait que cinq minutes, comme à chaque fois. Alors, la main assurée, il tira le rideau de la penderie, ouvrit le tiroir du milieu et attrapa la première culotte en coton. Un soupir de soulagement traversa ses narines dilatées. Le nez collé au tissu, il inspira profondément.

Ce sera certainement plus doux quand elle l'aura portée...

Le faire avec les sous-vêtements de sa propre sœur lui manquait, terriblement. Il avait bien essayé de franchir le pas avec ses quelques petites amies, mais cela ne s'était pas passé comme il le souhaitait. Certaines l'avaient traité de tous les noms, si bien qu'il était devenu la risée de son ancien lycée. À la fin de l'année scolaire, Arnaud s'était juré de ne plus avoir de relations sexuelles avec aucune fille de son âge.

Elles ne comprennent rien, ces garces !

Les plus âgées n'étaient pas en reste. Sa mère aussi bien que ses professeures le voyaient comme un moins-que-rien. Finalement, il n'y avait que son père qui l'estimait un peu.

— Fils, j'espère que tu trouveras ta voie dans l'artisanat, comme moi avant toi.

Il ne pouvait pas le décevoir. Pas maintenant. Mais ses envies, elles, ne le laissaient pas en paix. Comme s'il souffrait d'une faim inassouvie, il devait se sustenter. Quotidiennement. C'était comme une drogue. Et il en fallait toujours plus. Les fillettes étaient alors devenues son unique espoir.

Il n'y a qu'elles qui m'aiment bien, après tout...

Les voix des enfants résonnèrent dans le couloir. Arnaud s'empressa de ranger la petite culotte dans sa poche arrière de jean. La seconde suivante, Léna entra, suivie de sa grande sœur. La cadette fit la moue.

— Qu'est-ce que tu fais dans ma chambre ?

– Je voulais vous effrayer, mais c'est raté visiblement...

– Même pas peur, d'abord !

– On verra si tu dis la même chose après le jeu...

Sur le tapis rose et vert de la chambre, ils s'installèrent tous les trois. Arnaud ouvrit le livre avec un geste théâtral.

– OK, à partir de maintenant, vous entrez dans le monde du croque-mitaine... Vous allez devoir survivre et le démasquer !

Les yeux des deux fillettes s'écarquillèrent. Elles se regardèrent, les lèvres plissées, feignant la terreur.

– Maman, elle dit que ça n'existe pas, les monstres sous le lit et tout !

– Détrompe-toi... souffla Arnaud. Il n'y a peut-être pas de monstre sous le lit ou dans le placard, mais ils existent bien...

– Arrête... marmonna Léna en se serrant contre lui.

Tandis qu'il enlaçait le petit corps chaud, il sentait son feu intérieur s'éveiller. La petite ajouta :

– Tu seras là pour nous protéger, pas vrai ?

– Bien sûr ! Je ne vais pas vous laisser vous faire manger... Et puis, ce n'est qu'un livre.

– Hum...

Le jeune homme sourit et tourna les pages. Il prit un ton mystérieux pour lire les premières lignes.

« Vous arrivez face à une maison menaçante, celle du monstre. Vous devez y entrer et trouver le monstre avant qu'il ne vous trouve. Mais attention, la vieille demeure est truffée de pièges et d'horribles découvertes. En montant les quelques marches du perron, avant de pousser la porte d'entrée, vous remarquez des craquelures sur la terrasse en bois. Si vous choisissez de sauter par-dessus par précaution, allez page 8. Si vous pensez qu'elle pourra supporter votre poids, allez page 3. »

Il se tourna vers les fillettes. Dory haussa les épaules.

– C'est sûr qu'il faut sauter par-dessus.

– Je suis d'accord... souffla Léna.

Arnaud opina et tourna les pages. L'entrée de la maison se dessina devant les trois paires d'yeux.

– Bien joué !

« Une odeur de renfermé empeste l'entrée. Mais vous avancez dans la pénombre. Bientôt, un long couloir devant vous se divise en deux voies distinctes. Pour vous rendre à gauche, allez en page 13, et pour vous rendre à droite, direction la page 10. »

– À droite, il y a la toile d'araignée... murmura Léna.

– Oui, mais elle est petite, ça ne veut rien dire, objecta sa sœur.

– Je ne sais pas... Je n'aime pas les araignées, moi !

– Ah oui ? Ce n'est pas la petite bête qui va manger la grosse...

Sans attendre, Arnaud avança jusqu'à la page 10. Une énorme tarentule obscurcissait le passage. La petite se blottit davantage contre lui en fixant les multiples yeux jaunes et les crocs dégoulinants de venin. Il sourit en se balançant légèrement avec elle.

– Je crois qu'on a perdu...

– Mais oui ! J'avais dit qu'il y avait la toile... Elle fait peur !

– Mais non... Elle veut juste te faire des chatouilles !

Aussitôt, il bascula Léna sur le côté et agita ses doigts contre son ventre. La douceur de son haut rose et blanc à petites étoiles lui donnait envie de le lui enlever, mais il n'en fit rien.

Pas maintenant...

Sous ses assauts, la petite fille se tortillait en rigolant. Dory les rejoignit, essayant de défendre sa sœur. Mais leur baby-sitter les maîtrisa toutes les deux.

– L'araignée vous a punies, on dirait...

– Arrête, arrête ! hurlèrent-elles en chœur.

– D'accord... De toute façon, c'est l'heure de vous coucher.

– Oh, non... Pas déjà !

Arnaud hocha la tête gravement.

– Et si... Il y a école demain.

Dory grimaça avant de se redresser et de sortir de la pièce. Léna se faufila jusqu'à son lit et sauta à l'intérieur. Le jeune homme reprit le livre et alluma la veilleuse avant de se préparer à éteindre la lumière principale. Il planta son regard dans celui de la fillette.

– Fais de beaux rêves... Ne repense plus à l'araignée, d'accord ?

– Tu continues de me protéger, hein ? souffla-t-elle.

– Bien sûr, je ne bouge pas.

Il lui adressa un dernier sourire et actionna l'interrupteur. Après avoir tiré la porte, il alla vérifier la chambre de Dory. Dans la pénombre, il entendit la grande sœur se retourner dans son lit. Délicatement, il ferma aussi sa porte.

Encore quelques instants...

En soupirant, il traîna des pieds jusqu'au salon et consulta sa montre. Dans quelques dizaines de minutes, Dory serait endormie. Il lui resterait ensuite près d'une demi-heure avant que leurs parents ne rentrent de leur séance de cinéma. Alléché par sa victoire certaine, le baby-sitter s'affala dans le canapé en cuir, les jambes écartées. Les paupières closes, il repassa dans son esprit les divers scénarios imaginés pour lui et l'innocente fillette.

D'abord, je dois gagner sa confiance... Puis je pourrai aller plus loin...

Soudain, des pleurs déchirèrent le calme de la nuit. Arnaud passa sa langue sur ses lèvres, grimpa les escaliers et poussa la porte de Léna. À la lueur de la veilleuse étoilée, la petite fille était redressée contre sa tête de lit. Le jeune homme s'approcha et s'assit à côté d'elle.

– Qu'est-ce qu'il y a, ma puce ?

– J'ai entendu des bruits sous mon lit... gémit-elle.

– Tu veux que je regarde ?

Elle hocha la tête en portant la couette à sa bouche. Arnaud lui caressa l'épaule et s'agenouilla près du lit. L'oreille contre le parquet, il observa un instant la poussière se mélangeant aux Lego© et autres pièces oubliées. Le front plissé, il se redressa.

– Il n'y a rien du tout...

– Tu es sûr ?

– Oui, sûr de chez sûr.

– J'ai quand même peur…

– OK… Tu veux que je reste un peu avec toi, le temps que tu t'endormes ?

Léna acquiesça en se poussant vers le côté gauche du lit. Le jeune homme s'installa en se pressant contre elle. À l'intérieur, son rythme cardiaque s'emballa. Il respira plus lentement, humant le parfum de ses cheveux blonds soyeux. Son corps s'impatientait, il le sentait pressé contre le tissu serré de son jean.

Doucement, il caressa la joue de la petite fille. Celle-ci marmonna quelques mots presque inaudibles. Il s'approcha de son oreille et susurra :

– Ne t'inquiète pas, je suis là pour te protéger…

Il déposa un léger baiser sur sa tempe et glissa son bras autour d'elle.

– Ce sera notre petit secret…

– Attends… souffla-t-elle. Moi aussi, je veux te dire un secret.

– Ah oui, petite coquine ? Qu'est-ce que c'est ?

Léna se tourna face à lui.

– Pour que je te le dise, tu dois d'abord fermer les yeux et compter jusqu'à 10 !

– OK… soupira-t-il en s'exécutant.

– Tu ne triches pas, hein ! renchérit la petite en soulevant les couvertures.

– Promis… 1… 2…

Un sourire déterminé sur le visage, la fillette sauta du lit en direction de ses caisses de jouets. La chaleur de sa proie disparue, Arnaud se redressa sur son coude en continuant de compter.

– 6… 7…

Bientôt, une secousse lui indiqua que Léna était de retour. Il humecta ses lèvres.

– 9... 10 !

– Surprise ! s'exclama-t-elle.

En souriant, l'adolescent ouvrit les yeux, prêt à saisir la petite. Mais elle fut plus rapide. D'un geste vif, elle planta l'acier d'une longue paire de ciseaux dans les globes oculaires du baby-sitter. Arnaud hurla, les mains pressées sur son visage sanguinolent.

– Qu'est-ce que tu m'as fait, sale petite garce ?

– Moi ? Rien du tout !

Soudain, Dory déboula dans la pièce.

– Je t'avais dit de m'appeler avant, tu as oublié ?

– Oui, désolée...

L'aînée se précipita vers le lit, récupéra l'arme des mains de sa sœur et la planta dans la poitrine du jeune homme. En hurlant, il perdit l'équilibre et chuta. L'impact lui arracha un nouveau cri de douleur qui fut étouffé par le sang remontant dans sa gorge.

– Salope !

– Han ! Tu mettras deux pièces dans la boîte à gros mots...

Quelques instants plus tard, tandis qu'une mare de sang inondait le sol, Arnaud s'immobilisa. Léna se blottit contre sa sœur.

– Qu'est-ce qu'on va dire aux parents ?

– La vérité : qu'il allait te faire du mal et que je t'ai sauvée.

REMERCIEMENTS

Au-delà des apparences, ce recueil n'a pas été si simple à réaliser. Au départ, cela partait d'un besoin de ralentir. Après quatre romans, j'arrivai en bout de course ! Et puis quand j'ai choisi les idées, 13 au départ, j'ai vite compris que ça allait être plus difficile. Par le format et par les sujets évoqués. Écrire ces histoires m'a énormément touchée, je me suis remise en question plusieurs fois, notamment lorsqu'il s'agissait de montrer l'horreur, jusqu'où aller, etc.

Mais si j'ai eu le sentiment de traverser les Enfers en les sortant de mon esprit, ces cauchemars et leurs personnages sont vivants désormais. Sur le papier, et maintenant, dans vos têtes.

Je remercie, comme toujours :

Laurent K., qui après m'avoir remis sur la voie de l'écriture, lit toutes mes horreurs ;

Sandra, ma première lectrice et coach, un soutien précieux à tout instant ;

Mes bêta-lecteur.ices sur ce recueil : Eglantine, Maurane, et Laurent B. Merci pour votre implication et vos remarques toujours pertinentes ;

Amandine, ma correctrice depuis le début de cette aventure. Ta rapidité et ta justesse m'époustouflent à chaque fois !

Enfin, un grand merci à mes proches, amis, collègues, chroniqueurs et chroniqueuses, libraires, lecteurs et lectrices, qui me soutiennent au quotidien. Le mental est la clé dans ce parcours et vous savez, chacun à votre manière, m'encourager à continuer.

VOUS EN VOULEZ ENCORE ?

Accédez en exclusivité à une nouvelle inédite :
Étoile Mortelle !

Scannez le QR code

Suivez les instructions

Découvrez la nouvelle inédite

www.ingramcontent.com/pod-product-compliance
Lightning Source LLC
LaVergne TN
LVHW051012080826
845145LV00009B/2578